飞扬·青春校园记忆美文精选

城之南城之北

省登宇 主编

国际文化出版公司
·北京·

图书在版编目（CIP）数据

城之南城之北 / 省登宇主编 . 一北京：国际文化出版公司，2012.6（2024.5 重印）
（飞扬·青春校园记忆美文精选）
ISBN 978-7-5125-0357-1

I. ①城… II. ①省… III. ①散文集－中国－当代 ②短篇小说－小说集－中国－当代 IV. ① I217.1

中国版本图书馆 CIP 数据核字（2012）第 065350 号

飞扬·青春校园记忆美文精选·城之南城之北

主　　编	省登宇
责任编辑	赵　辉
统筹监制	葛宏峰　李典泰
策划编辑	何亚娟　黄　威
美术编辑	刘洁羽　王振斌
出版发行	国际文化出版公司
经　　销	国文润华文化传媒（北京）有限责任公司
印　　刷	三河市同力彩印有限公司
开　　本	700毫米×1000毫米　　16开
	10.75印张　　111千字
版　　次	2012年6月第1版
	2024年5月第2次印刷
书　　号	ISBN 978-7-5125-0357-1
定　　价	39.80元

国际文化出版公司
北京市朝阳区东土城路乙9号　　邮编：100013
总编室：（010）64270995　　传真：（010）64270995
销售热线：（010）64271187
传真：（010）84271187－800
E-mail: icpc@95777.sina.net

CONTENTS 目录

第 1 章　似水流年

城之南城之北 ◎文/陈晨　　　　006

百花街 ◎文/张烜怡　　　　　　020

住在冰箱里的人 ◎文/柳敏　　　026

有本书是童话法典 ◎文/侯文晓　035

第 2 章　那时花开

即刻启程 ◎文/谢文艳　　　　　052

骊歌 ◎文/张晓　　　　　　　　056

那年的仿佛 ◎文/张迹坤　　　　065

年 ◎文/信莹超　　　　　　　　076

有她的夏天 ◎文/唐有强　　　　087

旅途 ◎文/晏耀飞　　　　　　　095

第3章　灯下漫笔

塌方 ◎文/朱学颖　　　　　　　104

守候夕阳 ◎文/余欣　　　　　　107

雨后初晴 ◎文/姜嘉　　　　　　110

有关一首谁在深夜的浅唱 ◎文/杨雨辰113

心葬 ◎文/刘践实　　　　　　　122

嫁 ◎文/马璐瑶　　　　　　　　132

第4章　阡陌红尘

碎琴 ◎文/王晓虹　　　　　　　　138

裂帛纪 ◎文/水格　　　　　　　　148

郑和，在第二个街角左转 ◎文/甘世佳　162

目录 CONTENTS

第1章

似水流年

画中是美丽的少女，轻纱罗裙，匕首自锁骨刺入，化
成黑色夺目的玫瑰。她在跳舞，鲜血顺流染红大片衣
襟，她站在悬崖边上微笑，恍若梦境

城之南城之北  ◎文/陈晨

序章

莽城的阳光在傍晚的时候就会变得犀利起来。刺眼而锐利的阳光仿佛可以撕裂莽城里每一个人的背影。

而在那犀利之后，它们便会消失得毫无踪影。

黑暗迅速来临。

或许，任何东西都是这样，在它快要消失的时候，会突然变得盛大而且猛烈。

又或者说，它并不想消失，不想离开。

一　城南

我一直住在城南。

我喜欢我住的地方，房子虽然很小而且破旧，但是，有一个不大不小的花园。里面种满了岩蔷薇。我不知道这些岩蔷薇是谁种的，似乎在我刚搬到这里来的时候，它们就存在了。

每年夏天即将要来临的时候，它们就会疯狂地盛开。往往在某场暴雨过后，白色细小的花瓣散落一地。花朵里的汁液和雨水混在一起，在空气中缓慢蒸发着生命的余味。

　　它们就这样迅速而猛烈地死去。

　　死亡像场表演。生是愚昧的看客。

　　平常，我和姆妈生活在一起。姆妈不是我的母亲，也和我无任何血缘关系。只是，似乎从我出生开始，她就像母亲一样照顾我，负责我的一日三餐。她也会在我调皮的时候责备我。在我身边，她一直扮演着一个太过母性而又陌生的角色。

　　姆妈告诉我，我的父母一直在东南亚做生意，在炎热的国度，他们就像异域来的淘金者。所以，他们使生命保持着诸多可能。他们在我两岁的时候曾经回来过一次。之后，就再也没有回来过。也从来没有来过电话和信件。只是每年都按时汇钱过来。

　　我也时常想，他们现在究竟在哪里呢。往往就是这样一个毫无答案可寻的问题之后，在岩蔷薇清冷的香味中，我睡了过去。

　　岩蔷薇。我想说岩蔷薇。

　　因为岩蔷薇，我认识了深音。

　　深音是莽城里的妓女。

　　在莽城里，她是肮脏的象征。可是，仍旧有很多男人喜欢她。喜欢她的容颜，喜欢她细如线、微微上扬的眼睛，喜欢她天生的傲慢，喜欢她不轻浮的笑颜。

　　喜欢她赤裸着身子在陌生男人面前，仍旧冷漠而坚毅的神情。

在我和姆妈搬到这里住之前，深音一直住在这里。她住在二楼。在花园里，我偶尔能看到她在晾衣服。而我们，是从来不交谈的。因为，姆妈曾经警告过我，别和楼上那个妓女有任何来往。她多么肮脏，多么令人恶心。姆妈说她的时候，眼神里有一种不屑的轻蔑。似乎莽城里的每一个女人都瞧不起她，甚至鄙视她。

因为，深音从事着这种极度卑微的职业。

那个雷雨过后的傍晚，我坐在花园里看书。

岩蔷薇已经凋零了一些，棕色的泥土上镶嵌着支离破碎的花朵。

这个时候，我听到有人在叫我，喂，小鬼。

我循着声音的方向抬起头，我看见了深音。她穿着白色的连衣裙，披散着头发。我有一点惊讶，这是她第一次向我打招呼。

你看看那里是什么在动？她指了指花园里的岩蔷薇丛。

我看了看岩蔷薇，又疑惑地抬起头，向她摇了摇头。

就是那里，木竿旁的蜘蛛网上，有东西在动。她又说。

在密密麻麻的岩蔷薇上，我看到了一张不怎么起眼的蜘蛛网，一只微小的黄色蜘蛛在上面匍匐。一只蝴蝶被粘在蜘蛛网上，正在艰难地蠕动，很落魄的样子。

哦，是蝴蝶。一只蝴蝶。我抬起头，对楼上的深音说。

蝴蝶？深音叫了起来。把她从蜘蛛网上弄下来好吗？

我朝她点点头，然后捡起地上的枝干，拨弄着蜘蛛网。可是，蝴蝶却已不再蠕动，她的翅膀有点僵直，身体还黏附在网上。我用枝干碰了她一下，没反应。再一下，没反应。再一下，仍旧没反应。一直没有反应。

哦，她死了，蝴蝶死了。我扔下枝干对深音说。

死了？深音的表情突然变得很僵硬。

她不再说什么话，朝房间里面走去。

过了一会儿，她又走了出来。

对我说，你说，那会是一只殉情的蝴蝶吗？

二　城北

我在城北的学校读书。

放学回家的时候，我经常遇见深音。

她常常在城北的市场买一些鲜花。每次我骑着单车经过她的时候，她都会笑着说，嘿，小鬼。你带我一程吧。

我通常老实地点点头，把书包从后座挪开。她会敏捷地跳上来，坐在上面。手里还抱着蓝色的马蹄莲。

然后，我摇摇晃晃地骑着单车，离开城北。

她问我，你知道岩蔷薇的花语是什么吗？

我疑惑地摇摇头。

她说，岩蔷薇的汁液有毒。稍微触碰之后就会皮肤红肿。

所以，岩蔷薇的花语是拒绝。

拒绝？我有些疑惑。

那应该是一种极度任性而且冷漠的花。庆幸的是，我从未触碰过岩蔷薇。也许，是因为她的枝干上有刺。也许，是因为她生长在沉溺的土壤里。也许，是因为她周围始终潮湿的空气。而这些，我都不喜欢。

很多时候，我是一个渴望阳光的孩子。

我不喜欢阴天，不喜欢潮湿的空气，不喜欢冰冷的拒绝。

那些东西，让我想起我寒冷而没有触觉的童年。

三　城南

城南有一条河，河的两旁有繁茂的芦苇丛。

若是冲进去，就会扬起白色的芦花，能在空中盘旋好久。

偶尔在放学后，我会去那里。把单车横倒在河边，然后，自己一个人躺在芦苇丛中。闭上眼睛，恍惚地睡去。

会做梦吗？那么，梦里会有什么？

会是一条河，还是一片海。或者，是一条灰暗的公路，没有人，两边有冰冷的电线杆。我拿着指南针一直往下走。只是，没有明晰的轮廓和尽头。

喂，小鬼。喂，你在干吗？

迷蒙之中，我听到深音的声音。我恍惚地睁开眼睛，前面有女子模糊的脸。犀利的阳光从芦苇的缝隙里影射下来，眼睛有些微疼。

哎，睡着了。我揉揉眼睛说。

怎么可以睡在这里呢？我看到了你的单车才走了过来。深音说。

我立起身子，爬了起来。被压倒的芦苇发出清脆的摩擦声。

你经常来这里吗？深音问我。

嗯。我轻声地回答。

我看到深音转过身，用手轻轻抚摸胸前的芦苇。轻轻地拍打，芦花盘旋起来。

有一阵风吹过来，它们飞得很高。一直在向上飞，好像不会坠落。

它们真的会飞起来。深音说。

之后，我和深音经常去那里。

往往要到黄昏结束的时候，我才会回家，深音依旧是坐在后座上，有时，手里会抱着折下来的芦苇。一路上，我的单车依旧是摇摇晃晃。

我们常常坐在河边或是芦苇丛里。深音经常会给我讲一些笑话。很多时候，惊讶地发现，原来自己也会大笑。自己也会肆无忌惮地朝河里扔石子，自己也会对着天空大声地骂脏话。

那次，深音说，最近老感觉心口疼。有时，会突然喘不过气来。她把手放在自己的胸口，突然，惊讶地对我说，小鬼，你听听，我的心跳得特别快。

我有些犹豫地低下头，把脸缓缓地靠近她的胸口。

听到了，我听到了深音心脏清晰的跳动声。

咕咚，咕咚，咕咚咕咚咕咚咕咚。

那应该是蝴蝶扑动翅膀时的振动吧。

那快速的扑动，是蝴蝶隐忍的挣扎。

深音在陌生男人的身下挣扎。

深音在人类导演的愚蠢剧目里挣扎。

深音痛得死去活来。

四　城北

你应该一直记得，你在城北的童年。

记忆像潮水一样漫过。

脑海里涌过的，是父亲喝醉酒打母亲时的那张不动声色、麻木不仁的脸。

父亲踩烂你养在盒子里的蝴蝶。

蝴蝶的翅膀，被碾得粉碎。肢体和翅膀杂糅在一起，分解不开。

父亲嫌母亲菜做得不好，用筷子狠狠地敲母亲的头。

还有，还有——

那天下过暴雨的夜晚，父亲喝醉酒之后，到你的房间，粗暴地脱光你的衣服，要强奸你。他也许要成为你生命里的第一个男人。你顽强地挣脱，拼命地叫喊，然而，一切都无济于事。

你仿佛看见前面有光。明亮刺眼的光。蝴蝶，即将在那片光中毫无尊严地死去。

然而，母亲刺向父亲的那一刀结束了这一切。

蝴蝶，从鲜血里挣脱开来，却发现，翅膀上残留的血腥再也洗不掉了。

时间像场大火，无情地在生命里焚烧。

毫不理会人们无助而苍白的脸。

最终，母亲因为杀死父亲被判了无期徒刑。在法庭上，你看到母亲对你展开一个从未有过的微笑，是那么轻松。你和母亲都坦然接受了这一切。

在你和母亲的最后一面里，母亲对你说，不管怎样，用什么样的方式，付出怎样的代价，都要活下去。一定要活下去。你答应了母亲这个卑微的要求。

母亲在你离开的那个晚上，在监狱里自杀。

五　城南

摄影师埃里克到达莽城是在即将入夏的某一天。

气温已经有些炎热，白日的阳光也很猛烈。

可是，他却发现这座城在早晨的时候总有像是散不开的雾气。

它们一团一团地包裹着这座城，包裹着莽城里每一个人的秘密。

埃里克在城南拍摄的时候，偶然发觉许多角落里莫名其妙地生长出来的蔷薇花，还有围绕着蔷薇的蝴蝶。她们有漂亮的翅膀，在阳光的反射下，发出炫目的光晕。

可是，当他用相机拍下她们的时候，却发现，在照片里，根本找不到他真实感觉到的那种美。

或许，那种美有特殊的存在意义，任何的记录都是一种亵渎。

也根本无法被记录，就像时光。

六　城北

深音说，埃里克把她比作岩蔷薇。没有理由。

不过，他错了。深音说。没有什么是没有理由的。我们不曾保存前世的记忆，于是今生的每一件事，都是理由，都是决定。只是，有些人，很多人，不知道而已。

埃里克是一个四处流浪的摄影师。他走不同的地方，拍不同的东西。没有人知道他是游历了多少地方才到莽城的。而当他到达莽城之后，就一直住在城北。在深音工作的那家酒吧旁边，他开了一间工作室。

深音不知道他是游历四方的摄影师。

当然，埃里克也不会知道她是一个妓女。

她是因为好奇才走进了埃里克的工作室。

工作室很小，只有两个房间，一间作为暗房。

进门之后，深音无意间发现了遗落在地板上的一张照片。照片里是繁盛的花朵。也许是阳光太过猛烈，照片的一个角落被完全曝光，留下惨烈的白。花朵的轮廓也变得模糊不清。

这是什么花？深音把照片放在胸前问埃里克。

哦，我也不太清楚，也忘记了在哪里拍到它。埃里克如实回答。

但愿它是岩蔷薇。深音说。

岩蔷薇？

是。岩蔷薇，一种会拒绝的花。

七　城南

我不知道深音是否爱上了埃里克。

她离开了她工作的酒吧，不再做妓女。她住到了埃里克的工作室，帮助埃里克拍照片，做着琐碎的工作。

所以，花园上面的阳台看不见深音白色的身影。

也没有人来欣赏这一院子繁盛的岩蔷薇了。

不过，在城南，我再一次遇见了深音。

她画了很淡的眼影，很漂亮。像是扑朔着银色翅膀的蝴蝶。

我叫住她，深音，深音。

她回过头，依旧是熟悉的微笑，嘿，小鬼。

我说，你和那个摄影师在一起吗？

她说，是。我现在迷上了拍照片，我们一起拍。

你爱他，是吗？

她突然大笑起来，摸摸我的头。小傻瓜，我不会爱上任何人的。

我不会爱上任何人的。

深音第一次说这句话的时候，是一个有风的夜晚。

她再一次赤裸地躺在了男人的床上。只不过，这个男人她不再陌生。他是埃里克，一个愿意为她拍照片的男人。

埃里克说，你的身体太美了。应该把她拍下来。

我从来没有拍过照片。深音侧着身子对他说。

我想把你拍下来，用黑白的胶片。你知道吗，只有美的东西才可以用黑白来表达。

在那个深夜，他给她拍了她的第一张照片。

她的身体就像深夜里盛开的昙花。太过绚烂，又太脆弱。会在阳光来临之前死去。

可是，她太美。就像黑暗里的蝴蝶。虽然没有光线，但仍能认清方向。会扑朔着翅膀，抵达充满温暖的地方。

她紧紧地握着手里的照片，突然，她转过身对埃里克说。

知道吗？这是一个证据。一个我在这个世界上活过的证据。

八　城北

深音在城北生活了将近一个月。

她始终和埃里克生活在一起。

埃里克在深夜里抱着深音的身体，不断地问深音，你爱我吗？你爱我吗？

而深音的回答始终是，不，我不会爱上任何人。

像一株倔犟的岩蔷薇，她一直拒绝。没有理由。

又或许是内心里有太多的伤口。它们都太过丑陋。所以，害怕那些伤口被别人看到。也害怕别人的伤害。因为，自己本身就太脆弱。

埃里克在两个月后离开了莽城。他不可能一直待在这里。他的心也不可能一直归属在这里。

深音没有和他走。

他离开后，留给深音的唯一一件东西，就是那张深音裸体的黑白照片。

他说，这是你存在过的证据。也是，我存在过的证据。

九　城南

深音又回到了城南。

她又开始当妓女。每天用身体赚钱，养活自己，使自己活下去。

我又可以看到深音在阳台上活动的身影了。

姆妈很是懊恼。不停地念叨，那个不要脸的妓女怎么又住回来了。出去了这么长时间怎么又住回来了。

她又开始和同一楼道的邻居咒骂着深音。

和很多中年妇女一样，在深音从身边经过后，不屑地往后看，时不时往地上吐一口口水。

姆妈还是一次次警告我，她禁止我和深音接触。她害怕我沉迷于深音这样的女子。尽管，在她和深音眼里，我还是个孩子，是个小鬼。

今年夏天的岩蔷薇不知为什么开得特别好。

花团锦簇，一叠一叠，一层一层。空气中都弥漫着它们清冷的味道。在黄昏阳光最犀利的时候，我和深音都会一起观看这场盛大的演出。

日复一日，岩蔷薇开了又谢了，却始终保持饱满而盛大的姿势。

我开始有了一些关于父母的消息。姆妈说他们在太平洋的一个岛国发了大财，有可能要把我们接到那里去。并准备开始办移民手续。我终于可以和我的父母生活在一起了。只不过，我的童年已经过去，我那些需要爱的日子也已经过去。

十　城北

姆妈和我坐在沙发上看电视。

天气预报里说，明天就要开始入夏。气温将明显上升，近来的暴雨也会增多。

我打开门，走到院子里，岩蔷薇依旧很是繁盛。

我抬了抬头，深音没有在阳台上。

她在城北吗？

那个入夏的夜晚，莽城突如其来一场暴雨。

奇怪的是，暴雨的时间特别长，足足持续了一个晚上。

第二天的早晨，当我推开院子的门的时候，我惊呆了。

岩蔷薇的花朵已经全部被摧毁，就连枝干都被暴雨弄倒。花园里一片狼藉。白色的花瓣和泥土混在一起，变质成恶心的暗黄色。

盛大的表演就这样仓促地结束了。

死亡突如其来。

十一　城南

第二天的晚报上刊登了一则短小的社会新闻：

昨晚，一女子在城南被卡车撞倒，后送入医院抢救无效死亡。

该女子手中紧紧握着一张已经模糊不清的照片。据说是因为捡它，才致使自己与迎面而来的卡车相撞。

尾声

花园里的岩蔷薇真的没有再长起来。

它们也许彻底地死去了。

姆妈也再未提起过深音。

或许，她知道，岩蔷薇不开。

蝴蝶，不会来。

作者简介
FEIYANG

陈晨,5月22日生于杭州。作品曾发表在《最小说》《布老虎青春文学》等杂志。(获第十届新概念作文大赛一等奖)

百花街 ◎文/张烜怡

百花街。第一次遇见那个双臂捧画的男子，以及名叫潇潇的猫。

都不喜欢推推搡搡，性格被他人用各种色彩描绘了无数遍，孤单是他人眼中的沦落，是自己心中的狂欢。

从街头到街尾是数不清的花店。百花街是没有风的，花瓣一旦落地便是永远的静卧，没有曼妙飞舞和雄起漫天，脚踏下去，不会踩空。

百花街，刘小季第一次带着一只名叫279的狗，遇见如此凄美的画。

街角，人声鼎沸，昏暗的灯光将混乱的人影切碎切碎，横竖都是支离的剪影，气氛暧昧而有不一样的情调，混着喧哗和吵闹一同没有目的地漂浮。

还以为角落会安静。原来是百花深处的丛林沸腾，不过是辗转了几个流苏的光景就恍如隔世。

街对面有抱画静立的男子，蹲在脚跟的是一只乌黑安静的猫。视觉开始模糊，画纸上昏暗的颜色混成

一团黑暗，男子的脸格外明朗，她多少看出有些许失落。

画中是美丽的少女，轻纱罗裙，匕首自锁骨刺入，化成黑色夺目的玫瑰。她在跳舞，鲜血顺流染红大片衣襟，她站在悬崖边上微笑，恍若梦境。

刘小季缓慢地走近，拉布拉多幼犬被紧紧地抱在怀里，黑猫抬起身将尾巴高高耸直，浑身散发着戒备和警惕。

你在等人吗？

她问。

怎样才能确定自己是个归人而不是候鸟呢？

或者，真的只是一只候鸟。

那么，谁又是归人？

他说这只猫叫潇潇。

他住在百花街279号，门前有四季常在的青树和绿茵，垂下的枝条刚好挡住西斜的窗子。

她搬进来时已是第二天的黄昏，透过窗子刚好看到被剪切的夕阳，细碎柔和的光线映入眼帘，百花街279号，几乎没有声响。所有横亘在两个陌生人之间的不适与突然都是睡着了的城墙。

没有为什么，只是天生地喜于安静。刘小季从家出门的前一秒还是备受煎熬，甚至希望自己身边的所有人都变成哑巴。终究不是那样恶毒的女人，她在烦躁和愧疚之下逃离了家。是早就听闻百花深处，世间并没绝对的无人之境，因为那在世人的眼中是荒芜，不荒芜的土地总被欲望占满，深处也是一样的繁华。

她在百花街的深处听闻他的故事，像在断断续续地听着一段破碎的重音。旧巷里的佳人，婉转风华的韶阴，晃晃悠悠的自行车吱吱乱响，夜晚昏黄路灯下的不舍和暧昧。故事本身就是老电影，投影在百花街尽头的墙壁，对他来说是回放，对她而言却是刚刚上映。

可惜的是，关于本身的故事，他从不提及。

抛开一切的好奇与神秘，明眼慧心的人便也不会刻意追问。

原以为百花街不会有法国梧桐，里弄 279 号门口刚好有两棵青翠欲滴。所有花店的窗子都是开的，花香溢满每一个角落，即便是冬天也满是春天的味道。

名叫潇潇的猫趴在七横八竖的枝桠上，垂眼打量着一切，像是傲骨骄纵的女神。

他不说他的姓名，唯一喜欢的事就是呼唤那只名叫潇潇的猫。猫认识每个花店的主人，像偷鱼似的跑到各个花店去偷香。许多年轻貌美的女店主因贪恋他的俊美而好生伺候着一只暗示不祥的黑猫。猫于是常常忘了回家，他便不知疲倦挨家挨户地寻。

刘小季看着这一切，觉得像戏。

那只公猫的名字，分明是另有所指。

后来他的画笔下便只有几欲衰落的法国梧桐，有风起伏树叶摇摆的痕迹却不见一个人的踪影，黑猫停在两棵树之间，孤单落寞，眼神哀怨而可怜。

那始终是大片大片的哀伤积聚而无法倾泄，就像寄居于百花街279号的最初目的。刘小季不是钟子期，他却把自己佯装成为俞伯牙。百花街279号向来很安静，是因为没有想要与之讲话的人，亦或是怕心甘情愿倾吐出的心事被反复演成嘲笑的戏码，他人视若无睹地搁置一旁，从未在意。

三年前的百花街并没有这么多年轻貌美的女店主，街角最昏暗的角落也并不像如今这般繁华。有隔壁卖的桂花酒，无人猜拳念口令，两只手牵着一起经过，拆开一坛就十里飘香。

潇潇是桂花酒店老板的女儿，他是疲惫暂歇的游人。她不美，却聪慧机敏善解人意，终年的百花飘香也抵不过佳人的蕙质兰心。况且他是孤独的游人，只剩下一只相依多年的猫。

他早以为自己看遍了世间的繁华和虚假，以游人的身份证明自己生无可恋，终究还是躲不开百花街深处的禁锢，279号的门槛，他因为她而舍不得再走出来。

279号向来安静，百花街深处的流水人家，风景优美安逸，租金合理，门前是两棵高大的法国梧桐。多少有些浪漫的情调，谈不上繁华却也不曾受到百花街的冷落。想要安静的人慕名而来，小住一段时间后心满意足地离去，安静归安静，美好归美好，却从没有人在此长久地停留。

倘若她没有走，那么走的就会是他。

她画了一幅凄美的画，眼神空洞却笑靥如花，谁都不会有真正的满足，因为每个人都会遗憾，过去的，现在的，未来的。桂花酒的酒香消失了好长一段时间，即使她在梧桐树下说要他等她，一年，她向他索要了一年的时间。

酒店的老板带着妻子女儿去了北方，这是三年前百花街街里讨论的最热门的一件事。他不懂为何有人摒弃了安稳，又为何有人毁掉了前程。

此后那只猫的名字叫潇潇。因为思念和坚定，或者是因为动摇，总需要某些事加以提醒，重新赋予一份微薄的信仰，勉强度日。

总之是他变成了候鸟，还在等待送给他油画的归人。

昨日的温情不再，今日的哀伤和孤独同来。

每个人都有太多的秘密，不愿讲，却又不能化为乌有。

揭开了就可以离开。他将那幅油画送给了刘小季，锋利的匕首黑色的玫瑰和灿烂却令人恐惧的微笑拼凑成一整座的诡异与美丽。他要走了，她没有理由不接受。

百花街 279 号，他停留了三年，约定早就过了期，没有游人愿意额外留守两年，游人本身就是不该有牵绊的，他早已蜕变为候鸟，在遇见刘小季后洒脱地放下，语言另一层含义是诉说，发泄过后是解脱。

> 不敢在午夜问路
>
> 怕走到了百花深处
>
> 人说百花的深处
>
> 住着老情人缝着绣花鞋

面容安详的老人

依旧等待着那出征的归人

　　这首歌刘小季听了无数遍，留守在百花街 279 号的日子也总该过去，清净在喧闹中才方显出向往与憧憬的值得，再久一点就是孤独感的无限扩张与放大。况且百花街 279 号再没有一个可以与之说话交心的男子，和一只名叫潇潇的猫。刘小季一直养了一只拉布拉多幼犬，去百花街之前它并没有名字。百花街是没有风的，宁静的只剩满地的花瓣。

　　她不是巷子深处的老情人，也不是出征的归人，只是因为疲倦走到百花深处停泊了一阵，这里有许多完整凄美的故事，这里的岁月静好。人世间有太多的贪恋和不舍，该面对的始终要回去面对。

　　她把那幅画留在了百花街 279 号的堂前。

　　她不是归人，是个过客。

作者简介
FEIYANG

　　张烜怡，河北人，出生于上世纪 90 年代。(获第十三届新概念作文大赛二等奖)

住在冰箱里的人 ◎文/柳敏

兔子第一次萌生要住到冰箱里的念头是在两年前的夏天。除了天气热到连蚂蚁都不敢出窝这个客观原因，还因为兔子对于冰箱里的食物的野心。并且她极度懒惰，仅客厅到厨房再从厨房回客厅这一小段路都觉得比去趟月球还远。如果不是黑猫的坚决反对，兔子早就把冰箱搬到客厅里了。

"就算放到客厅里，你也懒得离开座位。"黑猫戏谑道。

"那就住到冰箱里面好了，既凉快又不缺东西吃。只要你别把我当成鲜肉炖了就行。"

黑猫一直觉得那只不过是兔子一时兴起的玩笑话，可是两年后的夏天，兔子真的住到冰箱里了。

那天兔子刚下班回来就去收拾冰箱，把保鲜柜里的食物转移到冷藏柜一部分放进肚子里一部分。好在两个姑娘平时喜欢吃新鲜的食物，东西不是很多。除去冰箱门内侧放着的酸奶，连隔板都抽走的保鲜柜可谓空空荡荡，堪比强盗扫荡过后的村落。

她换上厚牛仔裤，在 T 恤外穿上羽绒服，又找出围巾帽子手套全副武装。围围巾这当儿，黑猫也回来了，热汗淋漓的她看见包成粽子的兔子不免吓了一跳。

"你发什么神经啊？"

兔子没理她。

黑猫抓狂地问了几句，兔子依旧只管武装自己。她系完最后一个扣，给黑猫扔下一句话就朝冰箱走去，"不用叫我吃晚饭了。"等黑猫反应过来，接应她的只剩下"砰"的一声关门声。

兔子在冰箱里盘腿坐着，保鲜柜里狭小的空间刚好容下她娇小的身子。外边黄色的指示灯间歇亮起，好像一刹那的白天与黑夜。兔子坐在冰箱里无所事事，她除了发呆还是发呆，眼前的酸奶也提不起她的兴趣。

"喂，你怎么坐在我的地盘上？"有什么东西踹了兔子一脚不无愤怒地说。

兔子吓了一跳，四处寻找，除了吃的什么也没有。

"嗨！我的食物呢？"一只大灰老鼠从兔子的头上跳过，蹦到她面前。兔子扔掉手套咬着自己的手指提醒自己这是真的。

"姑娘！是个漂亮的姑娘，我喜欢漂亮姑娘。"

大老鼠看见兔子，高兴得忘掉了愤怒，满眼温柔地向她搭话。

"美丽的人类姑娘，你怎么坐在这里，你应该在这扇门的外面做你应该做的事情啊！"

兔子的眼泪刷地流了下来，她一边用手套拭去眼泪一边冷冷地回答："要你管！"

老鼠的热情只增不减，"美丽的人类姑娘，有什么是不可以说的呢？他们在我家门口放暗器，在食物里放毒药的时候口中还念念有词的呢。"

兔子"扑哧"一声笑了，"说了你也不会懂，我失恋了，所以我住到冰箱里了，我要在这里把我对他剩余的热情全部冻死。"

"太好了太好了。"老鼠兴奋地蹦到兔子的头上又蹦下来，这让刚对老鼠有点好感的兔子多少又有些反感。"太好了，"老鼠说，"美丽的人类姑娘，你来做我的女朋友吧，我会好好待你，我哥哥会好好待你，我姐姐会好好待你，我爸爸我妈妈会好好待你，我爷爷会好好待你，如果我奶奶没被药毒死她也会好好待你的，我那瘸了一条腿的舅舅和瞎了两只眼的舅妈还有我那正躺在床上半死不活的……"

"够了！"兔子被老鼠啰嗦的家谱搞得头昏脑涨，但同时又觉得它挺实在的。她还是咬着手指头告诉自己这是真的，但她宁愿相信这是梦，是她因为失恋而做的梦。暂时把它当作一个梦好了，兔子想，如果是梦一切只需顺其自然就好。

兔子说："好吧，老鼠先生，我很荣幸做您的女朋友，成为您庞大家族的一分子。顺便问下，我这么大的人进得去您家吗？"

"进得去进得去，只要你愿意，很自然就进去了。"

黑猫换好衣服，穿着拖鞋啪嗒啪嗒走进厨房，又啪嗒啪嗒走回客厅，路过冰箱时，她故意走得很大声。她站在冰箱门前，希望冰箱门自己打开，然后兔子出来扑到她身上说："里面一点都不好玩！"

黑猫几次走过都在脑中重复同一场景，一遍又一遍重复，就等导演说："行，过了。"但这是出两个人的戏，兔子不出来，黑猫演得再好也没用。

兔子是个倔姑娘，一旦决定的事儿，十匹马也拉不回来。黑猫除了担心着兔子，什么也做不了。

"亲爱的，要是你带一点吃的去就更好了。"

"昨天吃剩的蛋糕怎么样？就在上面。"兔子指了指冷藏柜。

厨房里传来窸窸窣窣的声音，黑猫稍稍放了点心——有声音就证明兔子还活着。"呸呸呸！"黑猫晃了晃脑袋，"晦气！"

"我从来都不知道我可以变得这么小。"兔子握紧老鼠的手紧跟在它后面，昨天吃剩的那块蛋糕越看越像床垫。

老鼠说："亲爱的，我说过你想来总会来的。"

通道里乌漆抹黑的，兔子闻到一股淡淡的咖啡味儿。"你们也喝咖啡？"

"你说这个味道？"老鼠沉默了一会儿，"今天是星期三吧？……星期一，星期二，星期三，白痴！"兔子吓了一跳，老鼠赶紧说，"亲爱的，我是说我姐姐那个白痴，她今天又喷错空气清新剂了，本来应该是牛奶味儿的。"

老鼠的家很大，里面近似圆形，中间像舞台一样空空荡荡的什么都没有，四周却迷宫一般全是洞穴。老鼠说："亲爱的，那是我们的卧室。"兔子甩开老鼠的手，倚在蛋糕上气呼呼地看着它。老鼠尴尬地说:"我是说,那些洞是我们家里人睡觉的地方。从右边开始数,依次是我哥哥的我姐姐的……"

"够了!"兔子发现这只老鼠一提到家里人就变得啰嗦,就怕别人把它当成孤儿送到福利院去似的。

他们的谈话引来一大群老鼠,四面八方的老鼠忽地跑到跟前来的感觉想想已发慌,更何况这还是群和自己差不多高的老鼠。兔子身上的鸡皮疙瘩都能给老鼠一家做一大锅小米粥了。

正如老鼠所说,它家的人对兔子很不错。老鼠刚说完"这是我的女朋友,她住在冰箱里",鼠爸爸和鼠妈妈立刻给他们订好了婚期,还说要再挖一个洞给他们当新房。兔子听得很不好意思,而老鼠一家也完全忽略了兔子是人类这个事实。

电视里无聊地播放着千篇一律的广告,黑猫饿着肚子等着兔子受不了寂寞后自己出来。时针已经指过了"8",厨房里再也没有一点声音。黑猫忍不住了,担心愤怒焦急占据了她的心。她要打开冰箱门教训教训兔子,这么大的人了怎么还这么胡闹!她拉开冰箱门后却吓疯了,保鲜柜里只有羽绒服,它们躺在那里,兔子在冰箱里消失了。

黑猫惊恐得掉了几滴眼泪,跌跌撞撞地回到客厅栽倒在沙发上。广告声让她更加烦躁不安,她关掉电视,遥控器却在她毫无意识的状态下扔在了地上。

她拼命让自己冷静下来,左思右想,最理智的猜测是兔子在她不注意的时候出去了,也许她只是恶作剧而已。然后她给兔子的男朋友打电话。

"喂，白鼠吗？"她尽量让自己保持镇定。

"白薯？还地瓜呢！"

"死白耗子，我是黑猫。"

"猫，猫姐，我……"

"行了吧你，我表妹是不是跟你一块儿？"

"兔子？猫姐，我们俩今儿下午分了。"

"行啊你小子，兔子要是有什么事儿有你好受的。听着，兔子失踪了。"

"怎么？"

"你来我家，在电话里说不清楚，我只能告诉你，兔子住到冰箱里消失了。"

老鼠一家在"舞台"上给兔子准备了很丰盛的晚餐，兔子一看，这不全是她家冰箱里的东西吗！虽说老鼠一家对她挺不错的，可一想到自己和老鼠一起吃东西顿时觉得恶心。好在她收拾冰箱的时候吃了一些。鼠妈妈热情地让兔子吃东西，兔子只吃了一点自己带来的蛋糕意思了一下。

"舅舅和舅妈怎么不来吃饭？"老鼠问。

家里人的脸上刹时笼上一层很难看的颜色。鼠爸爸说："它们在外面吃过了。"

老鼠说："舅舅舅妈身体不好怎么还往外跑？"餐桌上除了寂静还是寂静。

"这么大了怎么还不长脑子！"鼠舅舅拄着拐杖一瘸一拐地从一个洞里出来，"你让她快走，这里不欢迎人类！"

"舅舅。"老鼠朝鼠舅舅委屈地撒娇，兔子突然觉得自己不该和老鼠一起来这里。

"你别忘了你奶奶怎么死的，要是你忘了，就看看我和你舅妈！我们做错了什么？人类宁愿把吃不完的东西扔掉也不肯分给我们一点。这也就算了，可他们还想把我们赶尽杀绝。他们住在地上我们住在地下，明明互不干涉……"

"小三儿！"鼠妈妈严厉地呵斥一声，又朝兔子尴尬地笑笑。但这对鼠舅舅的"演讲"影响不大。

"我们同样是活在世界上，为什么他们说我们有害我们就要背负人人喊打的罪名。公平吗？"它转向兔子，"你说，公平吗？"

兔子吓得向后缩了一点，她真的不应该和老鼠到这里来，她几次想走却都被老鼠拽下了。

"小三儿，你过来下。"鼠爸爸把鼠舅舅叫到一边压低声音说，"那个人类姑娘是住在冰箱里的，你想想，咱家要是有这么个儿媳妇以后还用愁吃？"

"你让小鼠娶她？！"鼠舅舅嗓门提得很高，转过身用拐杖指着老鼠说，"你别忘了，你第二个老婆还躺在床上半死不活的呢！"

"行了，小三儿！"鼠妈妈再次呵斥鼠舅舅。她正想着怎么向兔子解释，兔子早就跑开了。她离开的时候只扔下两个字：荒唐！

兔子走后，老鼠趴在桌子上哇哇大哭，"美丽的人类姑娘，我真的好喜欢你。"

兔子并不知道回去的路，她记得来时淡淡的咖啡味儿，出来的时候什么也没闻到。细长的通道里漆黑漆黑的，走几步就会遇到一个新的洞口，是继续前行还是拐进另一条路？兔子不知所措，她突然间很想回家，越快越好。

她凭着自己的感觉向亮一点的地方走，七拐八拐还真让她找到了真正的光亮。但她发现那还不是外面，只是一个手电筒。

已经快十点了，白鼠帮黑猫找了好多地方都没有找到兔子的踪迹。他满头大汗地从外面回来说："猫姐，咱报警吧。"

"报警？跟警察说我表妹因为失恋住到冰箱里了，过了一个多小时候就消失了？你怎么不跟警察说顺便叫辆救护车把咱们送到精神病医院去！"

白鼠叹口气说："猫姐，你冷静点儿。"

"冷静？你和她分了，没关系了，可她是我表妹！你凭什么和她分！"

"我……但……你知道感情这东西是不能勉强的。"在一个失去理智的女人面前，白鼠也有些语无伦次。

小区里响起警笛，声音越来越近。

"你真报警了？"黑猫问。

"没有啊。"白鼠同样迷惑不解。

"咚咚咚。"有人敲门。黑猫打开门，兔子一下子扑了上来，她趴在黑猫怀里说："见到你真好，那里一点儿都不好玩。"

听警察说，兔子没什么事儿，倒是她把一个修下水道的工人吓得犯了心脏病，要不是另一个维修工听见声音及时赶到，后果会很严重。

那时，警察问兔子发生了什么，兔子只是说，我想回家。

后来她想起这些，除了清楚自己在冰箱里住过，也不太清楚还发生了什么。

作者简介
FEIYANG

柳敏，1992 年 12 月 26 日出生，血型至今不明，很迷糊很迷糊，喜欢偏辣或者偏清淡的食物，喜欢柠檬味道的饮料，喜欢猫。(获第十三届新概念作文大赛一等奖)

有本书是童话法典 ◎文/侯文晓

一

"埃洒洒，你送我的这本书一点都不好看！"小鼻孔公主撅起了嘴巴，"怎么翻来覆去还是《格林童话》啊？烦死人了！"

"就是就是。你看看这本书，老大一股子霉味儿，呛死我了。还用公主牌口红写字，稀奇古怪的。埃洒洒，你怎么拿这种书送给公主做礼物呢？"顺丁一看公主这样，也煞有介事起来——顺丁是小鼻孔公主的好朋友，一只大嘴巴青蛙。

"公主牌口红？霉味？童话？！"现在最吃惊的就是伊尔城最年轻的魔术师——被大家称作"埃洒洒"的我了。"怎么会呢！我送给公主的是一本《魔法师的理发师》呀。上面还有著名魔法师丁叮咚的亲笔签名呢！送童话书？都什么年代了！"

"你敢耍赖？你看看，这是不是一本旧的《格林童话》？"小鼻孔公主没敢继续撅嘴，她的鼻孔实在是太小，一撇嘴就没法用嘴巴辅助呼吸了。但是她都快把头扬到天上去了。

"不可能啊，我送你的真的不是丁叮咚的签名售书吗？难道是拿错了？我一直把它藏在图书馆里的。"我急忙说。

"哼，我看啊，你一定是不小心拿错，把旧书当成新书了。"顺丁不屑地送给我一个白眼，"干什么事都毛手毛脚的，让人怎么放心哟！想当年我多么厉害，才不会这样……"

"顺丁！先别说了。埃洒洒，本公主宽宏大量，不再计较了。"小鼻孔公主摆出一副大人的模样，"但是你要给我解释一下口红的事情。为什么这本书用公主牌口红写字？是不是笑话我闻到口红的味道鼻孔会更小？"

"啊啊！不可能的……"我心里暗自嘀咕，谁都知道这是伊尔城最忌讳的事情。

没办法，我只好赶紧转移公主的注意力，"我觉得这本书也许藏着古怪的秘密，比如——隐藏什么让嘴巴变漂亮的咒语。我可以从我的百宝书里找一找。"

"哼，这能有什么秘密？别骗人了……"顺丁哼哼叽叽的，显然对公主不让他谈起自己的辉煌过去而耿耿于怀。

"不，我觉得埃洒洒想得不错。反正日子很无聊，而且我肯定曾经在《公主必知的三万个为什么》里看到过口红让嘴巴变漂亮的句子。埃洒洒，快找找。"小鼻孔公主兴奋地说。

我得意地看了顺丁一眼，转身从我屁股上的大口袋里掏出魔杖来，"西瓜苹果脆黄瓜，用超细型公主口红写书的是谁？快给我答案！"

随着灰尘四起，一本书"嘭"的一声落在我们面前的小桌上，打开在第 999 页，小鼻孔公主忍不住打了个喷嚏。顺丁张大了他的大嘴巴，瞪直了眼看着这本书，仿佛看一个怪物似的念起来："《魔法知识大全（附录：杰出人物表）》作者雅各布·格林、威廉·格林，又称格林兄弟。居住在世界边缘、拥有双重身份的魔法师。第五百六十七届'最杰出魔法师奖'获得者，十九世纪最杰出魔法师奖获得者。合著有《公主、王子、小红帽、灰姑娘们的生活准则以及命运轨道》一书。此书原版具有书写现实的功能，在世界边缘处被称为《格林童话》。原版书的鲜明特点：用公主牌口红书写。关于其功能作用，详见《十九世纪的魔法史》第二十三章？"

"对，就是这个！就是这个！"小鼻孔公主也顾不得什么灰尘了，捏着自己的小鼻子说。"我们快看看！"

"哼……"顺丁依然哼哼叽叽地很不乐意，"不过是一本奇特的童话书而已，要一打我都有，干吗这么着急啊……"

"顺丁！"

"好好好，我闭嘴，尊敬的公主殿下。"

"好，找到了，《十九世纪的魔法史》。"我用最快的速度找出这本书，哗啦哗啦翻到第二十三章，"在十九世纪，魔法史上出现了两位无与伦比的杰出人物——格林兄弟。他们为世界发展做出了巨大贡献，其中包括结束了公主、王子、小红帽和猎人们自由发展、混乱无章的时代，为以后童话世界里部分人物的发展编订了拥有美好结局、清晰对话的法典——《公主、王子、小红帽、灰姑娘们的生活准则以及命运轨道》等。使得公主、王子、小红帽、灰姑娘们获得了安全可靠、有据可依的光明未来！

"此书是格林兄弟的经典名作，俗称《格林童话》，但是只有原版书籍才具有安排现实人物的未来的本领。……据悉，原版书唯一的特征是用公主牌口红书写，可用王子牌橡皮擦去。"

"呱！"念到这里，顺丁尖促地叫了一声。

"这本法典被修改后，现实生活也会随之改变，因此，拥有这本书成为无数公主、王子、小红帽和灰姑娘以及魔法师们的梦想！"

我一口气念完，两个人一只青蛙面面相觑。

"那，我们是不是应该……"小鼻孔公主还没说完，顺丁就急急忙忙去翻那本书了。

"公主牌口红！口红！格林魔法师！"顺丁充分发挥了他的大嘴巴天赋，像疯了一样大叫。

"哦！"小鼻孔公主努力使自己稳重一点，学着大人一本正经地说，"是不是太巧了？这样的事正好被我们碰上！'本法典被修改后，现实生活也会随之改变，因此，拥有这本书成为无数公主、王子、小红帽和灰姑娘以及魔法师们的梦想！'那么，那么……是不是可以说，我们，我们能改变命运了？！"

"天啊……！我们是造物主了？"我有点缓不过神来。怎么就稀里糊涂成了这样子呢？

"我去拿公主牌口红和王子牌橡皮！"小鼻孔公主激动得脸通红——她喘气有点困难。

二

"哦。我想我们可以把《青蛙王子》这篇童话修改一下，怎么样？那个小公主一开始怎么可以那样对待青蛙！你看我和小鼻孔公主都是好朋友呢！难道我的同类这么受歧视？"顺丁有点忿忿不平，想说服我们。

"人家怎么说都是个王子，只是你半个同类而已！"小鼻孔公主老实不客气地说，"不过，我也想改这一篇。小公主还没出去旅行就碰上了王子，还必须要亲吻他，这样多不好玩。让小公主带着青蛙王子出去旅行吧！"

"嗯，这样行吗？是不是有点仓促？"我有点怀疑。

"没什么不妥的！"小鼻孔公主果断地做了个手势，"我们将要被历史铭记了！另一个世界的人读到的童话将是我们编写的！而且我们给了童话世界里的所有人物一个打破束缚自由自在的机会！不是有个词叫事不宜迟吗？现在也不宜迟。"

"那……嗯，其实改变一下一成不变的现实也挺好的啊。"我稍稍迟疑了片刻，但是对惊险刺激的日子的向往马上占了上风。

"哈哈哈……太有成就感了。我，顺丁，马上就要成为世界上第一只编辑现实的青蛙了！"顺丁又张大了他的嘴巴，那个样子让我想扔进去一只蚊子。

小鼻孔公主很夸张地做了个拔剑的动作，把口红拔出来，又掏出一块王子牌橡皮，"我要命令，不，我想让，嗯，我希望青蛙王子里的公主在发现青蛙之后和他做朋友，一起到王宫外玩。不能问他。好，就是这样了。唉，口红还真难用。嗯，到、王宫、外、玩……好了！大功告成！"

"太棒了！我的同类们的命运将被改写！我是功臣！"顺丁得意地张大嘴巴。

"耶！终于可以看见另一个版本的《青蛙王子》了。"小鼻孔公主显然对自己的杰作感到十分满意。"将来所有的公主都会感谢我！"

"哈哈，我也要成为伟大的魔法师了。"我觉得这种感觉真好，像是喝了一大杯蜂蜜。

"啊——"

早上醒来，我长长地打了个哈欠，深呼吸几下，想象着今天早上等着我的蛋糕是什么味道的。

"呱呱啊——！"我正在考虑这个问题呢，却被顺丁疯狂的"蛙鸣"打断了，他叫的真滑稽，我忍不住想笑。等等，不对！我怎么和顺丁在一起？那就表示，小鼻孔公主也在？

"咻——"我听出来了，这是小鼻孔公主独有的鼻音细长的哈欠。可是顺丁没让她把这个哈欠打完。

"我的荷叶啊！为什么不见了？——埃洒洒？！你怎么在这里？是不是你干的好事？"顺丁怒气冲冲地说，"快把我的荷叶还回来！"

"还有我的公主摇篮！"

"那，谁见我的小吊床了？这不是我干的呀。这里是皇宫吗？"我有些慌了。

我们三个马上向四周望去，眼睛睁得越来越大。我们是在一片灌木林里吗？王宫里的侍女和摆设呢？我的小木屋呢？

"这是谁开的玩笑？！恶劣！恶劣！"顺丁气得眼睛都充血了，"我的荷叶啊……"

"小鼻孔公主！"我大声说。

"什么事？"小鼻孔公主收回目光。她似乎不像顺丁那样揪心，反而饶有兴趣地观察。

"是小鼻孔公主呀！小鼻孔公主！"我想起了一件事，激动地站了起来。

"我在这里呢！到底什么事呀！"小鼻孔公主奇怪地看着我。

"是你呀！你昨天修改了《公主、王子、小红帽、灰姑娘们的生活准则以及命运轨道》！就是那本法典！"

"天哪，可是为什么扯上我？我们现在在哪里？"小鼻孔公主虚弱地说。

不过，顺丁听见这个消息，反而更高兴了。"哈哈哈！那就是说，我是青蛙王子？喔喔喔，呱呱呱！我是青蛙王子？"

"闭嘴！"小鼻孔公主看见顺丁得意洋洋的样子，狠狠地白了他一眼。"你从生下来就在王宫里做一只青蛙了，怎么会是王子？别作梦了！快跳到我的肩上看看这是什么鬼地方。"

"是是是，公主殿下！"似乎是受好心情的影响，顺丁很听话。

"呱呱。公主的塔楼！公主的塔楼！"顺丁刚刚跳上小鼻孔公主就喊了起来。

"哪里？哪里？"我和小鼻孔公主连忙问。

"那里——！"顺丁兴奋地指着远处。

"太好了！我们可以趁机帮助那个塔楼里的公主！探险去咯！"

三

半个小时以后，我们来到了塔楼下。

"这哪里像个塔楼啊，分明像个烟囱！"小鼻孔公主抱怨道。

"哦不，这样的塔楼上有公主吗？"顺丁也有点沮丧。不管怎么说，这个建筑物的确很难让人觉得里面囚禁着公主。"我还想做一回解救公主的英雄呢。"

"我们应该怎么办？等王子来了告诉他这里有公主？还是等巫婆来了和她打一架？"

"当然是先确认这里有没有公主呀。"我说。

没想到我的话音刚落，塔楼最底层的窗子就有一位姑娘探出头来了。

"是谁呀？这么吵？"

"嗯，请问你是公主的女仆吗？我们想拜访公主。"小鼻孔公主彬彬有礼地说。

"女仆，公主？我叫莴苣526号，就是童话世界第526位莴苣姑娘。我没有听说什么公主住在附近。你们到底找谁？动画片里的塔楼公主拉佩泽？"那个所谓的"女仆"揉了揉眼睛，有些不耐烦。

我在后面使劲儿地拉小鼻孔的裙子，哎呀呀，错了错了，把这两个故事搞混了。

"好吧，我们是找你。"小鼻孔公主马上改口。

"进来说吧！你们叫什么？"这位莴苣姑娘听说我们是来拜访

她的，立刻显得很高兴。

"小鼻孔、埃洒洒和顺丁。但是巫婆让我们进去吗？"我小心翼翼地说。

"你们都在说些什么？我怎么一句话都听不懂？赶紧进来吧！很少有人来拜访我呢。"

我们面面相觑，怎么会跟书上说的不一样呢？巫婆呢？我们不是应该拽着莴苣的头发吗？不容我们细想，那个莴苣526号姑娘就给我们开了门，走出来。"不对，没有门，我们应该拽着你的头发上去才对！"顺丁马上抗议了。

"头发？！"莴苣526号突然显得气急败坏，"你是笑话我的假发吗？"

"假发？"我们三个那份惊讶就别提了。

"不行吗？"莴苣姑娘一扭头，我们才发现她有一头墨绿色的短发！"好了，能不能别说那么多我听不懂的话？你们为什么认为我应该那么做？还有，你们说的巫婆和王子又是怎么回事？"她显然不愿意再提头发的事情了。

"可是……"小鼻孔公主还想再说些什么，我马上接过话题来，"你应该是长发呀！王子将要拽着你的长发上来，巫婆一气之下剪断的也是你的长发！"

"王子？"莴苣526号显得很奇怪。"法典上确实写着我会遇见一位王子，之后我们会过上幸福的日子，可是，"她有些迷惑地顿了顿，"可是从没有王子来过，更何况我也一点都不想遇见一位王子。而且我也不喜欢棕黄色的长发。"

"哦，不要戴上假发了！我就是王子！"顺丁一下子跳起来。

"才不要呢！"莴苣526号骄傲地说，一边看了看挂在脖子上的金表，"我亲爱的农夫丹利要来了，他喜欢我的短发。你们会发现他是个好小伙的，一点也不逊于王子。今天我就要剪掉长头发——剪成我和丹利都喜欢的那种短发，然后染成小麦的绿色。"

"No No No……！为什么？我是王子！王子！而且我也是绿色的！"听了顺丁这句话，我拼命绷紧脸部肌肉才没有笑出来。

"哦，对不起。你要是喜欢，我可以把我剪掉的头发送给你——但是，我真的对王子不感兴趣。法典上可没写着我不能喜欢农夫丹利，让法典见鬼去吧！它可以用来约束别的听话的莴苣某某号姑娘。"

"我们才不是信服法典！我们掌握着法典呢！喂！……"小鼻孔公主显然对这种蔑视很生气，怒气冲冲的。可是莴苣526号已经冲出去了。我们看见农夫丹利正欣喜地挥动着帽子，露出一头小麦一样的墨绿色短发。

"Oh，不……"

小鼻孔公主脖子上挂着莴苣526号的长发，顺丁蔫了一样蹲在那些闪着棕黄色光芒的头发上。我脖子上、胳膊上都挂着莴苣姑娘送的花环。我们就这样糊里糊涂地告别了莴苣526号姑娘的塔楼。

四

为什么莴苣526号姑娘的故事没有按照《公主、王子、小红帽、灰姑娘们的生活准则以及命运轨道》这本法典运行呢？出了什么差错吗？我们还会碰到什么？

正当我们的脑子里全是问号，晕晕乎乎谁都不吭声的时候，一个声音突然冒了出来。"嗨！你们好！"

循着声音，我们发现有一个小姑娘正在栗子树下荡秋千，秋千的荡板是一只南瓜做的。

"你是谁？"

"我？灰姑娘130号。"那个小女孩咯咯地笑了。"你们是谁？"

我们面面相觑，灰姑娘？灰姑娘会笑得这么灿烂吗？而且穿得也不是打着补丁的破裙子呀。

"小鼻孔、埃洒洒和顺丁。"小鼻孔公主说，"你在这里荡秋千，你的恶毒的后妈会罚你的吧？赶快回去吧！还有这个南瓜，好好留着，它是你的马车。最好再找几只田鼠，不过我认为女巫也只能把田鼠变成大田鼠而已。"

"哈哈，你真逗。我的后妈对我最好了——我们姐妹三个人中我最聪明最勤快。不过这个南瓜我可没想象成马车，这是我的坐骑。好玩么？"灰姑娘130号又开心地笑了。

"我有一种被格林魔法师愚弄了的感觉，他们太不负责了吧？编写的法典根本不能对所有的人起作用啊。"顺丁小声地嘀咕。

"你说什么，大声点？法典？哦，是《公主、王子、小红帽、灰姑娘们的生活准则以及命运轨道》吧？我看过，这是学校最重要的教科书呀。可是我的裙子可没书上画的那样难看。而且我是第一个被准许去参加舞会的姑娘！"灰姑娘一脸憧憬，站在南瓜上荡来荡去。

"嘿，那只嘴巴大的青蛙，是叫顺丁吗？我能不能借借你的那根头发？"

"头发？"顺丁莫名其妙，但是还是很慷慨，"哦，是这个吗？这可是一位像你一样不守法典的莴苣 526 号姑娘留给我的纪念，不过也没什么用处，送给你好了。"

"太棒啦！这样一来我的好朋友小红帽就可以继续和大灰狼做生意了！"

"什么？！小红帽和大灰狼做生意？！"我们三个一齐喊了出来。

"对，是小红帽 483 号和大灰狼 197 号。小红帽收购漂亮的贝壳或是漂亮的长头发来同大灰狼做生意，大灰狼在村子西边有很多果园呢。真是谢谢你们了。"灰姑娘 130 号高兴地说。

怎么会是这样？

"我还以为他们的生活一成不变，完全按照《公主、王子、小红帽、灰姑娘们的生活准则以及命运轨道》这本书严格运行呢。那样的话他们就会无比感谢我们的。可是怎么和《魔法知识大全》上说的不一样呢？"小鼻孔公主十分丧气。"看来我们也大可不必改写这书了，想做什么就做什么。现在我只想回王宫，我的草莓蛋糕还在等着我呢。"

"呱呱！还有我的莲子粥！"顺丁永远是在食物面前最软弱的一个，"我从早上到现在都没有吃东西！我想回去，我想我的莲子粥了。"

"好吧，我们可以回去。别忘了我可是伊尔城最年轻的魔法师。来，互相拉紧手吧。一二三——，西瓜橘子香蕉皮，我们要回伊尔城王宫！"

五

"啊……我再也不要出去了。做的英雄美梦一个都没成真，惊险的事情一个都没碰到……"小鼻孔公主软软地半躺在藤椅上。

"而且走了好远的路，碰上了稀奇古怪的 526 号莴苣姑娘，还有爱笑的灰姑娘 130 号。更重要的是没有一个人邀请我们喝一杯茶！"顺丁气鼓鼓的。

"我觉得最重要的是看看那本书。格林魔法师不是说这本书有书写现实的功能吗？可是为什么大家只是把这本书当做故事来读？他们根本不在乎书上是怎么写的。我觉得一定是哪个地方有疏漏。我崇拜的魔法师不会做这样的事吧？"

我有些忐忑不安。不是说这本书是所有人物的行为准则吗？为什么没有多少约束力？

"哼哼，什么魔法师，分明就是个麻烦师。根本就是骗人啊！"顺丁悻悻地说。

"那当初是谁叫着要修改这本书，还那么感兴趣的？"我一边说，一边拿出那本《公主、王子、小红帽、灰姑娘们的生活准则以及命运轨道》。

一页一页翻过去，没什么问题啊。公主牌口红写的字，可以用王子牌橡皮擦去——等等！

"快来看！最后一页的背面有些用蓝色钢笔水写的字！"

"什么？"

"欢迎回来。

"如果这本书被你当作法典而去照做，或许你会失去很多乐趣。感受到了吗？每个人都是不可替代的、别人无法更改的奇迹。就像是公主 100 号和 101 号平等，但并不相同一样。

"你认为所有的事都必须按法典进行吗？呵呵，还是做你想做的事，把这本书当做一本普通的书来读吧。童话永远是美妙不可捉摸的。"小鼻孔公主的声音渐渐小下去。

"还有一行！"顺丁激动地把眼睛凑了上去，我真该问问他是不是需要一副眼镜。

　　谨以这本书献给美妙的童话世界。献给童话世界
里每一个创造美好故事的人物。

——魔法师格林兄弟

　　"我们已经各自就位，在自己的天涯种植幸福；曾
经失去的被找回，残破的获得补偿，时间会一寸一寸地
把凡人的身躯烧成枯草色，但他们望向远方的眼睛内，
那抹因理想的力量而持续荡漾的烟波蓝将永远存在。"

——简

　　巴乌什托夫斯基在《金蔷薇》里有这么一段话：写作，作为一种精神状态，可能产生在少年时，也可能在童年时，在写作者还没

有写满几本稿纸之前就已经存在了……对生活，对我们周围一切产生诗意的记忆是童年生活给予我们最大的馈赠，如果一个人在悠长而严肃的岁月中，没有失去这个馈赠，那他就是一个真正的诗人。

作者简介
FEIYANG

　　侯文晓，1994 年 3 月生，喜欢做一些有趣有挑战的事，喜欢的作家：金庸、三毛、简·奥斯汀，在《儿童文学》等杂志发表文章。（获第十三届新概念作文大赛一等奖）

第2章

那时花开

燕姿在歌里唱：用我的双眼，在梦想里找路，我只想
坚持每一步，该走的方向，就算一路上，偶尔会沮
丧，生活是自己，选择的衣裳

即刻启程  ◎文/谢文艳

一　专属红

我遇见你，是在那个最美的年华里，我以崇拜的姿态来祭奠那个年代对于你的全部认知，回忆过去，是一片红。那样纠缠的红，以如今的姿态看来，恩赐了那个年月里全部慌乱的记忆与成长。死亡与再生，纠缠与解脱，幻灭与真实，囚禁与自由……每个意念的词都涵盖了一个青春的姿态，在这个内心慌乱的世界里颠沛流离，找不到一个自己所谓的出路。于是在以低姿态的身姿来观望那个年月里所有的动荡与不安，所有的颠沛流离与残酷，都在你的字里行间演变成一种青春的回忆的美好。我们以颜色的方式观望，它带着残酷的红，涵盖着那个年代我们的印迹。我犹记得第一次真正接触你，有着甘甜的美好，为我那个年纪动荡的内心找到一个归属地。我在你的包容里渐渐低首埋头，让自己沉淀在有你的包围里，在那个温暖的城堡里寻找着全部的和煦。有人讲你代表着亲情

的温暖，给那些内心无家可归的孩子一个信仰天堂的地方，可是我在前路寻找你，几番轮回，才终看见那犹如死神胭脂般神秘且惺忪的红，以一种等待的姿态在年轮里期待与你的相遇与对话，并因此走上你引导的路途。

生命中有爱，是我们走下去的全部意义所在。我因此也愿甘之如饴地行进下去，在专属的领域看见自己的专属红。

二　烟波蓝

我上了高中，似乎与你靠得很近了，似乎又因着某些缘由而与你步步远离，你始终以沉默的姿态站在我的周围。而我在自己的世界里行进着自己的苦痛与快乐，酣畅淋漓，青春本就是一场不计代价的行程，我在里面横冲直撞，颠沛流离，试图寻觅着一个平衡点为自己的青春买一份单，头破血流也在所不惜，却从来不知道去怀疑生命的姿态如若行进错误将是一场怎样的坎坷。那时年轻，以为什么都是可以的，一直到被人伤害了倦怠了才知道寻找一个拥抱来给自己以安慰。任何一个年轻生命的成长，必然都会经历一个从自我迷失到自我肯定的阶段，从青涩到成熟，个体艺术生命的成长也是如此。

我选择你，或许更多的受到颓废和幻灭的蛊惑，在自以为是的岁月里，自以为在那些不安的成分里涵盖了更多的绝对的忠诚，并且自以为这些忠诚可以给生命路途带来更多的痛快与酣畅，美好与纯真。在经历过爱情的幻灭与友情的颠覆，才终于明白幻灭是痛快的自虐，青色的灵魂遂不屑与世俗多费口舌，掉头而去，把生命调成只有自己才喝得出来的死亡甜酒。

所幸，你还在原地等我疲惫了就回头，倦怠了就收心，烦躁了就安静，并且开始绽放隶属于自己的彼岸花。在烟波微蓝里，静穆、纯净而又迷茫，迷蒙的是你我的双眼，因着爱，竟痛得落下泪来。

三　稻谷黄

在任何生活的道理里，都有着一分耕耘一分收获的喜悦与欢欣，我尚不知道该如何去获取到自己想要的东西，成长的年轮已经旋转，我的所有生命里昏暗的色泽终于在年轮里被碾碎，我想知道我终于上了大学，终于告别了那个慌乱不安的年月，生命终于走入另一个我不熟知的轨道，我甚至不知道该以什么样的姿态来面对这种变化。余光中曾经写："你不知道你是谁，你忧郁，你知道你不是谁，你幻灭，你知道你是谁了，你放心。"我在文字的世界并没有获取很多的奖励，因着并没有太多的耕织，我拿着全国作文三等奖，拿着省级二等奖，拿着杂志社的记者证，似乎就证明了这些年我所有为你的获取，可是所有的一切一旦过了那样的岁月就都成了一场空，我并不知道要如何去守着那一份坚持，哪怕袒胸露背迎接万剑钻心，犹能举头对苍天一笑，坦然地在岁月里承认那一份天真的成熟。

燕姿在歌里唱：用我的双眼，在梦想里找路，我只想坚持每一步，该走的方向，就算一路上，偶尔会沮丧，生活是自己，选择的衣裳。

人的一生大多以遗憾为主轴，在时光中延展，牵连而形成乱麻。

我尚不知道该如何去感激这么多年你给予的陪伴与赋予，我并没有如你所愿走上你希望我走的路途，也没有给予你所要的荣耀，却让我在这条路上愈走愈远并且始终如深刻在记忆里的使命般感恩，就圣经而言，掬一把清河泪，于那吟唱之间；拈花而笑，执念于此，像是丢盔弃甲的人选择了固执，于断壁残垣间去觅一丝生机，以此获取相知相牵，得于那末路尽头，有光在等。

想来定是内心欢喜犯了罪，才得以引火自焚，如今而想，已是十年踪迹十年心。

因而于你我命运心念飘零之际，呵气一笑，岁月拈花，明珠蒙尘，一误已是半生浮沉，是为风尘抄。

生命不过是一段浮沉，我在色泽的指引之下，对你始终是发自内心里的膜拜，就这样行走，也已渐渐到了年华凋零的时节，回首往昔旧事，不免有置身雾境的感触，可也知，成长这样漫长的征途，文字这样漫漫的前路，所有的一切不过是个开始，我所有的准备，只为在你的世界里花开一季，所幸，开始明白，便即刻启程。

作者简介
FEIYANG

　　谢文艳，笔名谢小瓷，女，1989年生。平凡女子，平凡梦想，安静写字，安静旅游看过眼风景，安静生活。父母与哥哥是手心，朋友是手背，文字是心，梦想是血液，因循着爱与坚持，这些，是日前生活中的全部。参加《小说绘》MKT2竞赛，进入36强。（获第十三届新概念作文大赛二等奖）

骊歌  ◎文/张晓

一切都结束了，一切都才刚刚开始。

当我还是个孩子，可以笑得一脸明媚的时候，我曾以为这场告别遥远而飘渺如同那些神话中关于末世的传说。可是站在这个蒿草丛生的六月里，所有的一切都已经沿着预定的轨迹纷至沓来，如同一缕强光，生硬地刺穿了我的眼睑。

那些草坪上回响的歌声，那些抬头仰望过的云朵，那些堆叠在课桌上的教科书，那一整个白衣胜雪的少年时代，都裹挟在奔腾而去的时光洪流里，涤荡而尽。时光在我和我的记忆之间划开了一条河，多少年来羁留的感伤在河床上汹涌流过。我知道，自己已经再也回不去了。漫漫时光，凝结成一整座永远也走不出的冬季，烙在了我十七岁的记忆里。

从来没有想过这段被赋予了无数层含义的高中生活竟会以这样一种低调的方式结束，这样地仓促而单薄。一路走来，我只听到链条崩裂的声音，那些旧时

光的剪影如同一幅幅斑驳的旧照片匆匆闪过，而后就在退出视界的那一瞬间分崩离析，仓促地埋入记忆之中。

走完这三年厚重而漫长的旅程，我甚至已经再没有精力探问自己身在何处。六月的夜晚双子星熠熠生辉，我只想在柔和的星光下沉沉睡去。

从高考的考场里走出来，我很迅速地向天空中望了一眼。泛滥的白光铺满整个世界，浓重的热气流拥围而来，令人窒息。

站在拥堵的人流里忽然想到自己已经很久很久没有看过天空了，久到那丛熟悉的蓝色都已经变得陌生。于是我开始感到难过，陈旧的发黄的画面铺天盖地地涌到我的眼前，一帧一帧都是时光的碎片。我不知道这些年来自己耗尽所有青春所有色彩而苦苦守望的到底是什么，每当听到"麦田守望者"唱"守望每一片金黄"，我的眼就会禁不住潮湿起来，那些闪闪发亮的金色年华都已经不在了，可是我还是什么都没有得到，我爱这生活，可是它越来越让我绝望。

高考前的最后一段时间，我一直在试图让自己开心起来。我一遍遍地告诉自己不要绝望不要绝望，一遍遍地听朴树唱"都会好的，都会有的"。难过的时候，我就去学校停车场旁边的空地上看玉兰花，那些单瓣独枝的花朵缓缓绽开，暗香涌动。这一切让我想起曾经的誓言。那些纷扬的承诺飞舞着贯穿整个青春，那是我一直坚信的不离不弃。

可是最终我还是不知道如何说服自己，在面对现实的强大与无情时，能够不以渺小自居。很多年以前，面对遥远得似乎永远难以企及的梦想，我曾经踌躇满志，可是当它近在咫尺时，我却开始畏惧了。

其实我只是害怕承受与梦想擦肩而去的怅然，我害怕那些剔透的被我雕琢得细致入微的梦想会在某个瞬间就突然碎掉。可是我无能为力，就像一直以来我都是那样地害怕孤独，可是到最终还是不得不一个人逆着整个世界汹涌的人流行走一样。

最终我带着满腹咯吱作响的阴霾与所有一切作了告别。考完最后一科，挥挥手走出考场，我的心底空无一物，那些守候在考场外的车辆，那些挥汗如雨的陪考家长，那些扛着摄像机来回穿梭的电视台记者，所有浮躁与沉寂的是是非非，都再也与我无关。

走在高考之前的最后一段日子里，整个人都像是被榨干了水分一样，绵软无力。在那段枯燥的时间里我一直盼望着能够经历一场旅行，一个人，背上挂在衣柜里的那个 NIKKO 登山包，穿上舒服的鞋子和白色的纯棉衬衣，到河内简陋而又喧闹的街道上行走。

后来随着现实的逐渐浮现，这个关于旅行的梦想变得越来越虚无飘渺。在某个情绪低落的黑夜里，我甚至感觉自己所盼望过的一切都不过是一场幻觉。它们像一场艳丽的雾，注定烟消云散。

最终是朋友们的信任与鼓励让我把最后一丝希望留在了心底，那一丝残留的信念如同一盏烛火，在黑暗与绝望的层层侵袭中坚守到了最后。在我几乎要被压力揉碎的时候，微微写下这样的句子给我，她说，我们要去很多很多个地方旅行，要写很多很多的文字，要走很长很长的路。Miko 从另一座城市寄长长的信给我，写满了整整六张 A4 纸。她说，你是我最好的朋友，谢谢你一直陪我，你要记得，如果你不开心，我就会很难过。她说，你要振作，要坚强，如果你被这世界埋没了，我会比你更难过。

站在这个一切都已经尘埃落定的六月里，重新看到朋友们留下的话，我感到整个世界都洋溢着淡淡的温暖，感谢你们，陪我一同走过。

席慕容说，记忆是无花的蔷薇，永远不会败落。我曾经以为，这漫长而又紧张的高三生活注定会像烙痕一样，长存在我的记忆里，哪怕再过上十年，回想起来，每一个细节都会清晰得毫发毕现。可是仅仅在这一切结束几天之后，我就发现，自己记忆中那道叫做高三的痕迹已经淡掉了，无论如何费尽心机地想要重新回忆起这一年的岁月，都如同隔雾看花一般，只看到一团白茫茫的水汽和里面漂浮的点滴碎片。

我只记得这些日子里自己所经历的挣扎。短促的时间和繁重的课业逼迫我远离自己的文字把全部的精力集中到功课上去，可是我一直徘徊到最后也没有能够做到。我是那样地依赖它们，没有朋友在身边的时候，文字是我内心世界唯一的出口，我只能以这样一种方式平定自己百感交集的内心世界，抚慰自己的伤口。文字世界里的悲欢离合能够冲淡现实中的寂寞与疼痛，所以我总是欲罢不能。有时候我会拿 Miko 的话嘲笑自己逃避现实的怯懦，她曾经对我说过，有人沉迷网络，而你是沉迷文字。我很清楚这样下去自己可能不得不经历更庞大的痛苦，可是我始终无法把手放开。

我只记得自己和很多人一起簇拥在广场上看赈灾晚会，然后和很多人一起流眼泪。这一年我总是迷途于自己的小情绪当中，常常一个人莫名其妙地落泪，有时候自己在深夜里解数学题，就会有泪滴突然划破眼睑落下来洇散在试卷上。汶川地震发生以后很多人感动了我，我发现在真正庞大而不可抗拒的灾难面前自己心底的那些小伤口是细微而不值一提的，可是在与别人一起经历过悲痛之后我还是不能从那一道道滋生在心底的忧伤中走出来。因为面对灾难而产生的悲痛仿佛一场盛大的海潮，而人心底的伤口，那些小疼痛，则如同三月的樱花陨落，细微可是连绵不绝，最终难以避免地蔓延出空洞而麻木的大片白色。

我只记得濒临告别的境地时教室里纷飞的留言录和此起彼伏的闪光灯。班里有很多人彼此之间根本谈不上熟识，甚至有许多人同窗三年连一句话都没有说过，可是在告别的时候，总是会有留恋。许多人在校园里摆出各种姿势合影，彼此之间不断地说着不舍的话，可是言语越多，越感觉不够情真意切，最后就只剩下雾气般氤氲而起的浓重伤感。就像那首歌中唱的一样，天总会黑，人总要离别，没有谁能永远陪谁。无论花开如何绚烂，凋零之后，仍是寂寞，而人世往来，也正如同安妮写下的句子一样，那位用文字演尽了当代都市繁华的女子曾经说过，我们真的到过了很久很久，才能够明白，自己会真正怀念的，到底是怎样的人，怎样的事。而这也是我选择不去置办留言录的原因，我害怕所有人彼此之间的留恋只是因为畏惧年少的寂寞。有一句话一直横陈在我的心底如同一座澄澈而又尖利的冰凌：寂寞太短，遗忘太长。如果这一场相聚真的是宝贵而值得回忆的，我愿意带着这温暖如春的记忆坦然离开。醉笑陪君三万场，不诉离伤。

　　我只记得离高考很近时我坐在教室里度过的一整天。那天我听到 2008 年夏天的第一次雷声，窗外下起了雨，水分子让周围变得很冷很冷。雨滴撞击在地面上，变得粉碎，潮湿湿的水汽蔓延开来，氤氲成一场磅礴的雾。我托着下巴坐在角落里的位子上听音乐，耳机里的歌声如同一场又一场的潮水，一遍又一遍地喧嚣而过。我的心底变得和窗外的空气一样湿漉漉的，一种前所未有的感伤一点一点漫过我的头顶。陈绮贞用小女孩般的声线唱着，一步一步走过昨天我的孩子气，而紧接着我又听到张信哲纯净的嗓音，他唱到，我们再也回不去了对不对。我突然意识到自己马上就要离开这里，真的再也回不去了。我回想着自己以前的日子，留长长的刘海，穿一尘不染的白风衣，坐在教室的最后一排里一个人静静地翻旅行杂志。可是这样的日子，再也不会有了，我们必须打点行装，奔赴另一段崭新的旅途，另一场浩浩荡荡的幻灭。

　　我只记得，分离之后，每个人的笑容都定格在了那张单薄的相片里。所有人一起站在那丛蓊郁而繁盛的记忆中，任彼此遗忘。

　　我的生日是六月六日，高考的前一天。Miko 去了另一座城市，之前的一个月她从那里提前快递了生日礼物给我。Dior 的古龙水，带有鸢尾的味道，让我忍不住想起梵高笔下绚丽而诡异的鸢尾。我很喜欢，把它放在了抽屉里，却一直没用过。我一直想着，今年大概不会再有人记得我的生日了，大家都是那样地忙，而我又出生在这样一个特别的日子里。可是 Miko 记得，我刚拿到快递她就发信息给我，只有一句话，预祝生日快乐，你要好好的，我们都要好好的。我哗啦一声把包装撕开，想要掩饰自己内心的潮湿。

Miko 的话又一次让我脆弱了，我一直受不了别人对我的好，尤其是在六月即将临近，这样敏感的时候。以前我不止一次地在文字中提到自己的六月情结，我的六月，总是伴随着欣喜与难过，还有杂草般丛生的各种心情，百感交集。升学考试在六月，我的生日也在六月。一段新生活的即将开始让我感到愉悦，可是离别和成长又总是给我带来疼痛，就像是一颗擦着面颊飞逝的流星，轻而易举地就可以灼伤我。

其实，成长就是时光的灼伤，时光让我们长大了，也让我们痛了。从十四岁我就开始害怕过生日，每过完一个生日我就想着要快些远离它，可是，离这个生日越远，离下一个生日就越近，于是成长伴随着苍老一圈一圈地把我缠绕了起来。走完高三这厚重的一年旅程，过完了这个生日，我终于明白了，有些事情，如同是宿命写就，在劫难逃。

我的高三彻彻底底一干二净地结束了。最近我一直在想，这个没有进行任何庆祝的生日算不算是一种遗憾。可是无论如何，时光都已经把我在高三的一颦一笑拓印进了记忆的年轮里，这个花香弥漫的六月里，有我的整个青春岁月。

但愿，用谢幕之后的静默，能够抵挡这翻云覆雨的时光。

六月九日下午我一个人去了 KTV。这是我很久以来的一个愿望，可以一个人在包厢里唱歌，不必顾及其他人，不必遮掩自己的悲喜。

凌晨四点我从KTV里走出来，耳旁依旧回荡着刚刚唱过的那些歌曲，那些早已经被这喧嚣世界上遗忘殆尽的校园民谣。孩子，青春无悔，白衣飘飘的年代。这些年我一个人，固执地坚守着自己卑微的喜恶，一直坚持以强硬的姿态对抗现实，现在我终于知道了在这庞杂的人世潮流面前自己是何等地憔悴与渺小，在点唱机里，许多我曾经醉心过的歌曲，甚至都已经再也找不到了。

　　在天亮到来前的最后一小段光阴里，我一个人行走在无人的街道上。头顶是迷醉的红色夜空，身旁是建筑物散射的灯光，白日里人潮汹涌的喧嚣在这个夜晚沉寂成了一片绚烂的霓虹。告别了曾经熟悉的校园生活，这就是我所看到的世界。夜色中我仿佛听到了一曲华美的骊歌，如同是那把千年前遗落的焦尾，奏出了隔世的旋律。一瞬间，我的心底空荡荡的，只有难过。

　　行走在这个云扬雷跃荼蘼花尽的六月里，我只听到满世界沉重的喧嚣。细碎的阳光穿越法国梧桐枝叶间的缝隙倾洒下来，满地斑驳。沾染着浓重告别气息的水分子拥围而来，凝结成一道惨烈的虹，横亘在高远的天空之上。那些莲花般开落的容颜，那些课堂上此起彼伏的喧闹声，那些数学题与香气飞扬的速溶咖啡，那些簇拥在课间一起吃早点的日子，那些所有人一起走过的春夏秋冬，那些绚烂如同五彩泼墨的青春图卷，都已经再也不复存在。

　　我的十七岁，我的高三，生硬地定格在与时光擦肩而过那一刻，消失得那样迅即而不可一世。我站在六月的法国梧桐下，燥热的风从四面八方涌出来擦着我的面颊徐徐流过，整个世界都已经被彻底颠覆，物是人非。曾经繁盛的生命变得离散，曾经焦灸的青春变得黯淡，而曾经以为不朽的是是非非，只在须臾之间，便已经灰飞烟灭，再无回返。午夜流星划过的痕迹还在眼前，天却已经亮了。

拿什么来纪念，这谜一样的旧时光。

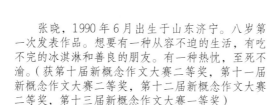

张晓，1990年6月出生于山东济宁。八岁第一次发表作品。想要有一种从容不迫的生活，有吃不完的冰淇淋和善良的朋友。有一种热忱，至死不渝。（获第十届新概念作文大赛二等奖，第十一届新概念作文大赛二等奖，第十二届新概念作文大赛二等奖，第十三届新概念作文大赛一等奖）

那年的仿佛  ◎文/张迹坤

一　遇不上你的我

如此这般的年岁，很难悉数记起究竟有过多少场如此轰烈的梦境。凌晨冰凉的空气，恰逢了一场来得及时的暴雨，让我宁愿在惺忪之时，暂时停顿我原本深浅不一的睡眠，只为凭窗看这一场雨。

无尽延伸的天穹涂抹着灰黑色。望眼欲穿。从中倏忽落下点点的白，那些细碎下坠的雨滴是否也曾为这一刻无与伦比的壮阔与苍凉暗自欣喜抑或失落呢？我的窗朝向北，窗前是一整片郁郁葱葱的芭蕉，那些宽大的叶面时常在雨落之时，爆发出类似于哭泣的声响，凝重而躁郁，静听久了，便安静而舒缓地犹如一首遗忘多时的歌谣了。你从未得知，这些时候，我曾默默用怀旧，书写着一封封已无从寄达的回信。

邮戳直抵我们的少年。

我尚且记得那些疲倦的夏日，篮球场上爆发出响

亮的哨鸣，香樟树似乎永远那么青翠，暗自在每一片反射着釉质光泽的叶子里藏着一个夏天。从高楼顶端相望，密密麻麻的枝桠叶丛遮蔽着树下休憩谈笑的人群，鸟从中倏忽飞出来，狠狠叫着箭一般直抵天空的高处，那是某人玩弄弹弓的把戏吧。教室里的风扇不知疲倦地勤恳劳作，发出吃力的老旧声响，抚慰着一个个沉睡的梦境。而我，总是在似睡非睡的恍惚中，望着窗外，害怕一刹那就错失了你偶然的途经。

那棵球场边的梧桐，被刻上了很多成双成对的名字。唯独没有你和我。那天下着细雨，抚在脸上，我们没有打伞，默默打着赤脚踩在柔软的河滩上，就在不远处河水翻涌高涨，施工船仍旧在轰隆隆地嚷着，是让你停下，还是在做一个无关紧要的安全报告呢？你傻傻笑着，在柔软的泥沙里写下我的名字。然后突然涨起来的河水瞬间就将之抚平，如若从未刻下来一般。我陪着你笑，似乎听得见内心的微小渴望，你是否能将它铭刻在心间，就算是……你平日不怎么用的空闲地呢？

你未曾听见。就如同在初遇的那天，我塞着耳塞，丝毫不能听见你爆发出的嘲笑，在回头的一刹那，我甚至还暗自嘲笑你的窘态，你跳了起来，使劲挥舞着手中的数学课本，长头发飘扬在温和的夕阳光泽中。

我把钥匙伸进锁眼，却怎么也打不开。正当我迷惑时，你的手轻轻拍在我的左肩，右手挥舞着一串与我相似的钥匙，招呼我让开，然后你理直气壮地打开了它。并转过头对我说，这是我的车啊！

你不知道彼刻我何等窘迫，但除却一声低得如同蚊子一样的道歉，我再也寻不见任何其他言语。你立在一边，捂着嘴笑了。那拜拜，你说。白色的裙裾瞬间伴着你低低的歌声远去了。那是 Scorpions 的歌曲吧，是与我耳塞里一样的歌曲。

你就这样进入了我的世界。仿佛，不知为何在遇见你之后的日子喜欢上了这个词语。仿佛，它不过只是被年少的我们运用，以表达一种比喻的惯常词，但我却钟情于它的腼腆，或者无从言说的含蓄，也或者是那种似是而非、若即若离的朦胧感觉。

你就是这样的一场，仿佛么？

那晚我很晚才睡。你的课本落在我手中。这一切回想起来真的是有一点不真实感的。

我小心翼翼地翻开你的书本，生怕因了我的疏忽而残留下任何褶皱。上面端庄地写着你的名字，那是第一次，我默默用 A4 的打印纸慢慢临摹了许多的别人的名字，最后，密密麻麻，都拥挤在一块，无法辨别。

第二天，你跑来找我。在池塘边的台阶上，你转着弯地安慰我。我的脚踏车昨天遗留在学校，已经不翼而飞了。我也许表现得有些沮丧么？你才会误以为我很难过，默默附和着我的悲伤低调不语。阳光真好，将你的头发染成了淡橘色。长头发真的很好看，我没有说吧，我那天其实一直在偷偷有意无意地看你的耳垂。哈哈，那里有一个耳洞，你不觉得那里缺少什么吗？

你接过我手中的书，很礼貌地道谢。让我几乎不知如何应对。

更尴尬的是，书本里搞怪地落下一张纸来，顺利飘到了池塘里。你说那时我的脸红得像熟透的番茄，我猜你喜欢周杰伦吧？那是昨晚的 A4 纸啊。你压低身子瞧看，十分欣喜地大声喊叫，哈哈，你看，我的"颖"字你写错了吧，左下边可不是"矢"，是"禾苗"的"禾"啊……

我想，要是地下突然有一条裂缝，我一定可以毫不犹豫地钻进去，有谁比我还合适呢？

我只知道，你是隔壁班的隔壁班的音乐特长生，主修小提琴，其他我一无所知。但是除却"省三好"、"新概念获奖者"、"英语年级第一"，你对我了解多少呢？午休时，你总会跑过来，坐在林荫覆盖的小道座椅上，和我分享着耳塞，晒着阳光谈笑，三言两语，断断续续。是不是这样我们就很熟了啊？

你的书信姗姗来迟，仅只一刻钟，它把一切拉远了无法丈量的距离。我很想这原本是我写的，写给近在咫尺的你，唯一的你。不会被时间无情地岔开。

那天黄昏突然落下了一场暴雨，夏季的尾声，仿佛正是离散和结束的季节。一群群鸽子顺利地穿越雨幕飞去，我们曾经见过那个年老的驯鸽人，他和颜悦色地回答你穷追不舍的诘问，最后他对你说，我就是让鸽子为我唱歌，因为鸽哨是幸福的脚步声啊……

你是不是感动到热泪盈眶啦？

我坐在渐渐黑下来的教室里，聆听着似乎是幸福尾音的雨滴声，窗外举着伞的人群脚步匆忙，我拆开信笺的彼刻，心跳加速，面无表情，手指节在咔嚓作响。然而结果如我所料。

我喜欢你，希望那些代表幸福脚步的鸽哨是为我们响起的。

我又该如何回应呢？那幕黄昏里，我像是一个迷失在雨雾里的失魂落魄的路人一般，在湿漉漉的大街上横冲直撞。

我与她走在了一起。每一天，我几乎牵着她的手穿行在校园里。那条熟悉的林荫，突然间暗淡了所有的光泽。我没有再看见你，如同你没有再遇见我。但是我们确实拥挤在这个巴掌大的校园里，抬头不见低头见怎么放置在我们头上就不灵了呢？

她只是恰巧，早你一刻钟将另一个表白硬生生地塞进了我的胸口……

那些日子终究是盲目的。我时常在操场上一圈一圈漫无目的地走，或者独自在琴房后背的窗口往里探望，不约而同地，我们总是前脚碰上后脚跟。

那些日子，你是不是依旧在翻着一本无封面的诗集，满含幽怨与悲伤地吟诵着那一句：

或许你还会想起我，就像想起一朵不重开的花朵……

在黑暗中闻听着往事的回声，一圈一圈好似被惊动的湖面。伫立在窗前，我呆愣着。只有夜雨无边，敲在芭蕉叶上轰隆隆地响。我为自己冲了一杯咖啡，袅袅的水雾里，用一份宁静等待一个天明。

怀念你，犹如怀念一场转瞬即逝的风景。突然很有所感，打开电脑聆听了那一首你曾钟爱的歌曲。《将爱情进行到底》里，小艾的模样就如同早已不再清晰的你一般了。

> 遇见你的我
>
> 碰到我的你
>
> 在同样的深夜里
>
> 写了同样的日记
>
> 望着你的我
>
> 望着我的你
>
> 在同样的时光里
>
> 问着同样的问题
>
> 谁在等你
>
> 你在等着谁
>
> 谁在等我
>
> 我在等着谁
>
> ……

二 一再错失你的我

就如同这样卑微的浮华烟云最终无疑地溃散在时光中一般，那些暗淡的年纪，都已经没有了耀眼的光泽。翻阅着少年时代的日记，有伤感抑或欣喜，都已是云淡风轻。

如此这般在夜雨轰鸣中醒来，忘了你曾喜欢的咖啡有着如同年华一般的苦涩。宿舍里没有他人，时至今日，我终于抛却了对于热闹的喜欢。安静的空间似乎更能让人伸手触及某些东西。

没有频繁地想起你，如同遗忘一朵不重开的花朵。我想起诗人叶赛宁，在俄罗斯广袤的森林边缘，他在月光里饮马，让马儿将月光一饮而尽。而叶赛宁的背后，才是你。凯。

我们的相遇充满了虚伪的戏剧性吧？那个黄昏，天空湛蓝澄碧，云朵飘荡。风吹得很轻，像是会吓跑你。

但数学课本落在你手中真的不是我故意的。大概我太得意于你脸憋得通红的窘迫模样，那时候我是很快乐很快乐。

学校的香樟树很茂盛，里面老是会有被惊吓的鸟突然飞出来，刷刷飞上天空。那次我看见了你，手中捧着那只奄奄一息的鸟，尽管你很嫌弃地只用一只手握着，另一只手捂着鼻子。但是那一刻夕阳美好，映照着你轮廓分明线条笔直的侧脸，让我几乎可以清晰地目测到你毛茸茸的汗毛的长度。我傻傻地误以为世界上所有的少年，都如你一样美好。

就算，当体育课上课铃轰轰烈烈地响起的时候，你毫不犹豫地将那个生命迹象全无的非活体硬生生丢进了垃圾桶。

我知道你在篮球场上喜爱的手势，在投球成功后，用右手轻轻擦过鼻子，就像是终于扬眉吐气一般。你不戴护腕，也许这样更加阳光吧。我知道你在看我，呵呵，你耍帅是给谁看呢？并不成功的三分球，某些目的已经达到了。旁边的女生发出艳羡的惊呼，暗地里为你嚼烂了舌根，都是些老话，为什么你那些陈旧的光芒不收敛收敛呢？

而那棵陈旧的如同驯鸽人失却的老门牙的梧桐一直默默伫立在一旁，用沧桑的姿态目睹了一次一次我内心的起起伏伏。无数人在为你递水，而我手中的那一瓶，好像永远也没有合适的契机和理由。你总是低着头或者系着鞋带的时候对别人说谢谢，甚至没有看清她们的脸，就握着已经开好的水咕噜咕噜喝下去，翻上翻下的喉结是在给你发出抗议么，还是在嘲笑那些落魄而逃的女生？

我觉得你很无情。沉默，冷淡，什么都不会表达。

既然这样，那我就默默在梧桐树上刻下我们的名字吧，你不知道，这样做的时候，我就像是一个小偷，手忙脚乱。如同那张掉下的 A4 纸，把自己的名字写错了，是不是这样，所以才没能得到老梧桐的祝福？

算了，一直在问你，你也不会回答。

再问最后一个吧，在河边的那一次，是唯一的一次靠近么？是因为校团委的工作还是你很乐意陪同我这样一个傻瓜去勘察水质？天落着毛毛雨啊。那些举着雨伞骂骂咧咧的水贩子，让我默默在心底遐想一番你未来的模样。长了脾气，或者终于，变得开朗，肯大说大笑呢？

你的名字结构和我的一样复杂吧？没什么关系，我才不会像你一样把名字都写错呢。

那些柔软的泥沙小心翼翼地呵护着你的名字，却还是被卷来的河水冲散了。挖沙船吵吵闹闹，所以你没有听见那一句我最想说的话吧？

那人就是传说的"凯母"么？别人戏称那是你妈，因为你和她青梅竹马，从穿开裆裤的年纪就在一起玩了。我频繁看见她给你带午餐，和你在教室里打闹，照顾你就像照顾儿子一样。

每一场酝酿好的途经，最终都只是一场浩浩荡荡的自我中伤。

而你也许已经猜到，我在写出那些很想对你说的话之后忐忑不安的心情，躲在阳台的角落里，听了一百遍《谁》。可是我究竟是不是你的那个谁？

我承认了。我一直在闪躲，哪儿有你铁定没我，我干吗要和你再在一个地方出现，徒增你和她的困扰呢，或许就如同她自己说的，没有人比她更了解你，所以没有谁比她更适合你。

这到底是什么臭屁理论啊？换作今天打死我也不信啦。

那天下午，我一直躲在琴房里，外面下着雨，我就一直拉，拉《卡门》，拉《田园》，最后还是情不自禁地转到了《谁》。学姐大惊，忙问我怎么了，我说没什么啊，这曲子挺好的。学姐说，你怎么哭了？

我想说，我没事，我只是一直在错失。

错失了一朵，就是永远。因为它再也不可能重开了。

天光一点一点亮起来了，我徘徊在窗前犹若鬼魅。这个世界在慢慢凸显，黑夜正在离去，我想我要换个日记本了，这个日记本太陈旧，页面陈旧，里面那张我晒干的 A4 纸，它更陈旧。签字笔字迹模糊了。

就像记忆中你那张阳光而安静的脸。

可是，现在你在干吗呢？

那首歌，你还记得么？

忘了我的你

忘了你的我

在不同的时间里

忘记同样的自己

想念你的我

想念我的你

在不同的岁月里

同样询问着自己

谁在爱你

你在爱着谁

谁在爱我

我在爱着谁

……

这一切，仿佛一瞬间的故事，我们闭上眼睛，倏忽就走过了这么多年。

作者简介
FEIYANG

张迹坤，秋天生的狮子座男生。性格里有着一半沉静与聒噪的混合体，另一半未知。很多时候感慨此去经年里的繁盛记忆，一个印记，一种昭示，却什么也留不下。对得起一起走过的岁月。很多年过后，我们要依旧在一起，变老，到死。(获第十一届新概念作文大赛二等奖，第十三届新概念作文大赛二等奖)

年  ◎文/信莹超

一　成长

长大的路上，不知道什么时候开始，我们不再像以往一样企盼一件事情，一个日子的到来，日渐浑浑噩噩，像生活在一片漫天大雾的世界里，走得跌跌撞撞，甚至来不及设定目标，找寻方向，来不及找寻一个信仰。

存在记忆里的春节，有十几个了，但是对于这个重大喜悦的节日却感情慢慢淡薄，不像以往一样，百般期待和向往，有着难以掩饰的喜悦。

拿着商场赠的新台历，看了一眼桌子上2010年的最后一天，让手中的"后来者"替代了它的位置。又是新的一年了！想完不禁长长嘘一口气。没有过多兴奋的情绪。

家里人忙得热火朝天，忙着置办年货，忙着打扫卫生，忙着迎接新年。但不知为何自己总是不能感染他们盼望的快乐，仿佛除夕、初一、十五也不过是平

常的日子，没什么特殊，所以甚至在心里暗暗责怪他们太"小题大做"。

长大的路上，我们一路忙着学习，谈恋爱，生活，工作，向前冲……然后在不断地辗转奔波中一刻不停歇地奔向一种毫无所谓的麻木，日渐蜕变成成人的模样。忘了，也或许是不再想记得，很多美好的纯真，曾经执著的过往，这些都被时间剥落了。

如果记忆不死，那么我还记得——

二　小时候

好像从元旦过后就开始看到不少朋友的签名档改成"期待过年"、"等待年假"等等。虽然，真的到了这样的日子却开始不停地喊无聊，无聊。全然不似小时候热切的盼望和兴奋。

家乡一如既往大张旗鼓地过年，虽然在自己看来早已没了往日的感觉，没了以往的新鲜和欣喜。

儿时，寒假虽然较暑假短，但因为有春节的原因，所以更为期待。一进腊月，所有人就同时开始张罗着过年，大人孩子。人们来往交谈的话中都是"年"——

"呦！这么快就要过年了！"

"你过年的新衣服买了么？"

"你们家年货办齐全没？"

"过年来家里玩儿啊！"

"快要过年了，眼看就又要老一岁咯！"

……

仿佛"年味儿"就是这样随着人们不停地提到，不停地想到而堆砌得越来越浓的。

小学时，期末考试结束后，大家开心地叫嚷着，像突然找到出口的困兽，草稿纸在教室里扔的到处都是，狂欢过后在校门口作别，同行的伙伴不停地讨论关于年的话题，声音因兴奋变得有些上扬和尖细。

除夕，一家人围着 19 英寸的小彩电兴奋地嗑着瓜子看春晚，七嘴八舌地"点评"着各个节目。夜深后，年幼的自己会匍匐在沙发上半眯着睡着，偶尔被家人的笑声吵醒，赶忙爬起来目不转睛地盯着电视看，生怕错过一个精彩的镜头或细节。跨年钟声响，寂静了的夜便又沸腾起来，各式各样的鞭炮争相鸣响或绽放，天空被罩上朦胧的颜色，五颜六色的烟花争相斗艳，煞是好看！此刻，感觉"年"无比厉害，它能召唤出绚丽的烟花，轻松的假期，外出的亲人……

等鞭炮声沉默下去的时候，父母便开始赶着我们去睡觉了。新衣服新袜子，都被妈妈细心地叠整齐了放在枕头旁，新鞋子安静地躺在床下，和床上的孩子一同睡过一个忐忑兴奋的夜晚。

清早被周围此起彼伏的鞭炮声吵醒，迅速地穿上全新的行头，跑出屋去，点燃自家的炮仗，或者因为年龄小被母亲佯装斥责几句，然后走过来抓过孩子的手领到厨房吃饺子。

煤球上所有的洞都奋力燃烧着，妈妈把饺子几个几个下锅，猴急的孩子不停地催着："快了吗？快了吗？"不等吃完，几个伙伴便结伴来家里找了，"XX，你吃饭还是这么慢啊！快点啊，我们好去玩儿啊！"一边答着"就快了就快了！"一边把饺子含混整个儿塞到嘴里，被烫得"嘻哈嘻哈"嘴巴滑稽地变幻口型。妈妈用拿着勺子的右手轻拍一下孩子的头顶："慢点儿！着急干什么去？一点儿样儿都没有！"孩子抬头对着妈妈做个鬼脸，复而又低下头去开始不成样子地狼吞虎咽。

吃过饭，家里的男人们照例要去上坟的，女人们便聚集到一起搓麻将或者拉家常，共同显摆一年来家里人的"成就"。孩子们三五成群地在巷子里乱串，大声地朗读各户人家的对联。抬头，巷子上方都是各色的彩旗，写着各种吉祥话，昨夜和今晨的鞭炮屑组成模糊的红散落在地上好像一朵朵祥瑞的红云，到处洋溢着喜庆的气息，让人难抑满心的欢喜。

女孩子们在一起比较着各自的衣服，款式、颜色、价格……男孩儿们则一如既往地比谁家买的鞭炮多，比较特殊，商量一些"馊主意"……

偶尔会有淘气的男生拿着鞭炮点燃后突然扔到女生脚下，换来异口同声的惊愕嗔怪："吓死了！干吗啊？！有病吧……"男生们哄笑着一起走了。

几个朋友找一个"秘密基地"聚在一起，冷得直跺脚，却还是相谈甚欢，共同地畅想以后——

"哎，你今年多大了？"

"……"

"呵呵，小 × 最小呢！才七岁！"

于是剩下的几个小伙伴善意地笑着，"是啊，要脱离父母还早呢！"被笑的孩子，心里暗暗不平，却只是在以后徒增企盼年的热切。想着一跃十年，一夜长大，只身闯"天下"。

大家讨论着向往的初中生活，住宿生，会离开家的约束，有很多新的同学，全新的环境……一切都是崭新的。似乎从来没有想到过大学，仿佛那是一个触碰不及的梦。但只是初中生活就已经知足。说的人，往往满脸严肃地向往，好像那是一种不可亵渎的神圣。

我们，盼望着，盼望着。满心热切地盼望着 365 天一个周期的春节，一道坎，一个进步的跨度，一个离想象更近的起点。

三　现在

不知是"年"因我们的长大逐渐失去了它原有的意义和神圣，还是自己逐渐麻木了向前走的意志。

我想，一定有很多人，很多人同我一样日渐感觉不到"年味儿"，也找不回自己儿时的热切盼望，找不回昔日的执著。生活变得像一盆放置已久的臭水，表面被菌类附着，难再有事情能激起半丝涟漪。

家乡未曾改变，只是玩伴已经难再聚齐，只剩一两个较好的朋友，在一起时，也只是横无际涯的沉默，仿佛连咳嗽都是尴尬的叫嚣。太长的时间不见，突然间发现再也没有共同的话题，内心恐慌得可怕，越是紧张地想打破沉默，大脑越是空白。

新衣服每年随心情都会添置好几件，也不会再因为过年能穿新衣服而欢呼雀跃，争相讨论。朋友们聚在一起，再也没有激情谈论以后和未来，仿佛那变成了一个黑色禁区，大家都怯懦地不敢上前。

春晚一年比一年感觉没意思，所以宁愿窝在房间玩电脑，只剩父母在客厅面对着相比儿时的 19 英寸几乎大一倍的液晶电视痴迷，偶尔会爆发出笑声，但早已激不起自己零星的好奇心——想要马上跑出去一看究竟的热情。

虽然，春晚什么都没有改变，还是那样各种才艺，各种相声，各种牛人……

几乎每天都要熬夜至午夜，所以不再感觉跨年钟声是一种神圣的声响，不会在钟声敲响的时刻认真地双手抱拳虔诚地许下心心念念的愿望。

年初一不再会盯着妈妈看——以便在她某个不注意的瞬间去点燃一串鞭炮。爸爸偶尔会问："要不你去点？"默默摇摇头，转身走向厨房，乖乖等待吃饺子，不会再不顾形象地整个儿整个儿地往嘴里塞。也不再有朋友一早来到家里催着出去玩儿。

打电话叫来某个朋友一起散步，在临近的巷子里转转，发现，并不是所有的人家都贴春联，越来越少的人家挂彩旗，长长的巷子里零落地挂着一两串，反而更显落寞和突兀。地上也没有发现大片大片似红云的鞭炮屑。只有偶尔跑过来一两个小孩儿，兴奋地奔跑着，叫嚷着："哦！哦！又长大一岁咯。"

这时候会矫情地陷入回忆，仿佛他们就是儿时的自己，和身边仅存的朋友共同"追忆往昔"。现在的过年像是对以往的温习。再也没有新的东西注入，更麻木了向前的意志。

淘气的男生都稳重了许多，更或者说都长大了很多，以往没心没肺的玩笑和嬉闹成为了儿时的特有片段。再也奢求不来。

同学聚会上，一个同学惊讶地说："哇靠！2011，咱们就全体奔二了！"大家欷歔一阵，开始玩笑——

"这都不能说长大了，这得说'老'了！"

"确实老了啊……"

"你们说，到底是我们过年还是年把我们给过了？"

"哈哈……"哄堂大笑。

但是，这样的笑却十分空荡。

四　城市

由于过了"春运"的原因，年间的城市比之平常显得格外冷清。出门务工的人员大都回家，于是城市开始变得"本色"一些了，公交车上人少的可怜，看不到面色黝黑的农民工，听不到浓重乡音讲电话的声音，市中心的购物地带也没有了熙熙攘攘的人群。可能因为如此，街道边的乞丐也日渐少了。

道路两旁装饰着各种喜庆的彩灯，或者挂着长长的横幅，写满了种种吉祥话。各大超市卖场，争相把年底的活动广告做得惹眼，一路走过，满眼的五颜六色视觉冲击，看得眼花缭乱，感觉整个城市像一个化妆失败的姑娘。

这一切这么平常却又这么反常。

晚上的天空被各种颜色、各种式样、争相绽放的礼花拼凑成一个梦幻般的世界，组合出一幅绚丽的夜景，照亮了漆黑无月的夜，人们脸上都笑靥如花，真心或不真心地互相祝福着。

春节是走亲访友的好日子，过年的档子，肯定是少不了酒的，所以生活小区里经常出现醉醺醺的声音——

"没事儿！哥，嫂子，你们放心我没喝醉儿！过年嘛，乐呵乐呵！"

"你行不行啊，不行让你哥送你回家！"

"不用了，不用了！……"

"送一下吧还是，你这样肯定是不行的！"

……

或者听到某个邻居家里的声音："喝啊！今年到我这儿来了，大家都喝尽兴了！管够！"

"×哥！厉害了，不怕嫂子让你跪搓衣板？"

"跪什么搓衣板啊？过年热闹热闹啊！大家尽兴！"一个女人的声音。

……

从某种意义上说，过年是给了喝酒一个"正当"的理由。而这个理由在城市被发挥得淋漓尽致。

大大小小的饭店，必须要人满为患的，经常能看到醉态百出的人从里面走出来。于是又对于"年"平添了一种反感。

初一过后，日子会清闲很多，没有众多的寒暄和恼人的鞭炮声，只是偶尔会有调皮的孩子放一两个，像躁狂病人间歇发作的脾气。所以，正月十五像年的回光返照一样，重新激起人们对鞭炮和热闹的热情，加上电视上各种的元宵晚会，上元节也就完了，年也完了。

接着迎来一波"返潮"，外来的打工一族重新归来，各色学生也忙着返校。于是城市终于又正常了，重归平常的脉搏——

公交车上的拥挤，商场此起彼伏的讨价还价，路边的真假乞丐，城市人特有的揶揄："呦！一看就是乡下来的！"外带似乎要一下子憋过去翻的白眼，堵车与争吵，整洁与素净……

五　年轮

很多时候想起以往的某件事情都要以长长的时间段开头——

"五年前啊……"

"我们小时候……"

"多少年前来着，我也忘了，反正早了，那时咱们还穿开裆裤呢！哈哈……"

……

最早的也要说，去年啊怎样怎样，眨眼的十五天，2010 也成了众多"去年"的一个。这样的长时间段开启我们的记忆，经常在想到某件事情的时候会有一种恍如隔世的感觉，仿佛那些事情不是自己的亲身经历，更像是自己熟稔的某本书，某个电视剧中的主角，自己只能是旁观者。看得真切也陷得真切。

整个年过去的时候，寒意也退了很多，春天特有的几个节气"雨水、惊蛰、春分……"接踵而来，池塘的冰层逐渐融化，植物皆露新芽，空气里充满一种恬静的气息。

小 A 坐在一个树桩上，看着眼前的景物说："唉，我们都没注意就到春天了。"

我环顾一眼，文绉绉地说："'年'总是这样锲而不舍，不管经历了什么样的挫折，总能突破出一个春天，一个新的开始，开始奋发向上。"

小 A 没有回答，她托腮凝思，半晌，突然猛地站起来，惊喜地叫道："你看！居然发芽了！"我顺着她手指的方向看去，那个被砍断的树桩一侧长出几个令人欣喜的绿苞。虽然还看不清叶子的形状，但足以让我们啧啧称奇、欣喜、佩服了。

她蹲下来细心地看着那截树桩，认真地数着上面一圈圈不规则的年轮，"你看！这棵树和我们一般大呢！"

我面无表情地回答："可是被砍了。"

她白了我一眼，"别这么那啥好不好？这么多年都活过来了，不就是被'砍'了嘛！至少根还在啊，你看，这不是发芽了么？"

我没有说话，一动不动地盯着那断面上的圈圈发呆——

那么多年轮的开心、沮丧、挫折、幸运、得到、失去……往年的种种历历在目，却也不过这一棵树的时间。至少根还在，我们，还有很多的年轮吧！

假期完毕，开始了新一轮的生活，随着春天气温的回升，心里的某种东西好像也渐渐复苏了，重新点燃一种不可遏止的狂热，狂热地奔向夏天，秋天，冬天，又一个年；狂热地奔向，心中向往已久的未来。

作者简介
FEIYANG

信莹超，1991 年生于河北石家庄，无笔名无特点无爱好人士（免检的"三无产品"）。间歇性自闭症。偶尔很兴奋，偶尔很低沉。多愁善感，俗人一个。素质教育的失败者，职业教育的受害者。（获第十二届新概念作文大赛一等奖，第十三届新概念作文大赛二等奖）

有她的夏天  ◎文/唐有强

谨以此文献给我生命中的女孩

——莫偶然

自习课的时候，有个平日低头默默无闻的女生突然唱了歌，身边的女生用手肘碰了碰她，她抬起头看到很多双眼睛看着她，窘迫地收起黑线耳塞，再有意无意地瞄一眼四周，假装整理桌子然后继续埋头做题。

类似这样的事情很多，每天上演的频率也日趋增多，在教室里的玻璃窗上可以看到冬天留下的一层水雾，前一天画的蜡笔小新在遭遇新的冷空气时结上一些冰晶，像玻璃上的水印，久久地附着也化不开。

在晚自习最后一个铃响的时候，调成震动的手机有了些微的动静，打开来看，是你的留言，你说你感到前所未有的不安，这不安远非我能想象。

母亲最近电话频繁，意思大概是，加紧复习，不能再让其他事情耽搁了自己的未来。其实我一直都能

感觉母亲近段时间的不安，像是她突然说自己偏头疼的不安，我完全能体会她的痛苦，我所能做的就是竭尽全力让她安心，哪怕手段是欺骗抑或其他，但只要能平复我心房之乱，说谎也行。

我想起前段时间丢弃在我床边的那本《格言》，想要扔掉时却又突然觉得不能扔，说不上为什么便兀自翻阅了起来，直到看见上面写着："有些不切实际的梦想才是实际的根本。"

这句话，是我曾经信仰过无数年的箴言。

曾经我在一次班干竞选的时候，无意间用这句话当做演讲的完结，由于字字铿锵有力而折服了所有人，但实际上很可能他们看中的是这句话给出的演讲效果，而并非句意本身。可是这话本身给我的远非别人所能想象，就像当年吴青峰站上小巨蛋时那样地自得，有着独立音乐第一人似的霸气，以及感染所有人使之疯狂的气魄。

但这种感觉常常无人分享，凋零得如同一株落寞的花。

有一天闲逛空间，无聊时发现你的"说说"里尽是钟爱的歌词，便与你攀谈至深夜。

这一段在你往后的日子里被称作是我无聊且虚假的搭讪，你不相信世上真能有与你如此兴趣相投与本源相同之人，照镜子都会有不相像的时候，而你我却真如此相近。

我喜欢你的文章如获至宝，我们为彼此心爱的偶像说着开心的话，我们都做着美丽而简单的梦，我信誓旦旦对你说，我会让你看到我们的梦想成真。

这样的我们如刚出生的婴儿，不沾丝毫尘染地构画着我们的未来，我甚至看到了你坐在我面前安妥而自豪的笑容，然后在我们构建的世界里写满那句话。

"有些不切实际的梦想才是实际的根本。"

感觉与你之间的相熟太快，怕别人不理解，但你要明白我写下这文字的初衷，我写这些就是要被人看到你对我有多重要，重要到我不容许你说自己其实像个路人，然后每天猜心似的忐忑我给你的承诺。

去年年底从上海回来，感觉复习的进度落了一大截，如果再不努力怕是上不了"中传"了，那样的话，我肯定会心有不甘地复读一年，那样的话我会远离掉很多东西，包括爱着的人。

这年头我经历过很多伤害，从上海回来后再经历过众多类似于心灵揣摩的磨炼后，我仿佛听到了从骨骼里发出生长的声音，我的心智从一个初始的状态成长到异常完善的状态，期间最为动容之处便是不再不舍这三年在学校的点滴，认为之前所谩骂与褒奖的都无关紧要，什么狗屁文学社长真是虚无得一塌糊涂。真正能做的不是去竭力让别人尊重你，而是从内心强大，从内在强大，即便那时候始作俑者已与你无瓜葛，但从岁月深处长出的荒凉，也终被温热得如同春风漫过。

我想，大概唯一能使我接近梦想的捷径便是努力了吧，高考离我们很近，我们所能留下的，除了一身疲惫与兴奋，我想不到还有什么能让这荒凉盛放得更贴切的了。

但这其间能有什么让我下苦心去做，想来想去，除了自己，你应该是我最大的动力。

你到底是个怎样的人？

不愿意热闹只想安心写作，不愿意因理想庞大而为构建苦恼，只愿把自己的一切希望托付给一个还不确定能不能给你未来的人。

你很傻，居然能这样盲从。

你也不傻，还好那个人是我。

从前密友 Nikita 问我是不是爱上你了，我说你说什么呢，但心里问自己是不是真的爱上你了，就像我五岁的妹妹，有一天收到一封男孩的情书一样。不知道会不会有一天对你说爱，说我爱你，请把自己托付给我吧。

而事实的荒谬就是，我并没有说过我爱你，可你已经把心交给了我。

就像我们在构建我们美好的未来的时候，关于梦想蓝图的飞跃，我总会说："一定会成功的，相信我。"

你真的相信了我。

亲爱的，我真的好爱好爱你。

你知道我从上海回来后多了很多的朋友，在你眼里，我的微博总是被无关你我的闲杂人等所占据，我能感受到你眼中的惶恐，就像孤注一掷的筹码就要失去。

我这辈子最怕别人对我说一句话，那就是用一种极淡的口气说："你变了。"

我想不该也不会让这样的事情发生在我跟我爱的人身上，那样的话我会很难过很难过的。

我记得在上海的时候，唱 K 的那一晚，点了《无与伦比的美丽》，唱的时候很多人探头找声源的来处，说唱的好像，像吗？当时我想，因为当时我还未想到可以去模仿，我一直都唱这歌，可一直以来，我都想把最动听的一切唱给你，虽然你从不答应我参加此类比赛，好增加我们碰面的机会，但我不怪你，因为我知道，我该给你一个安定的未来。

她在我站上了上海音乐季的大舞台前告诉我，她的夏天过得很糟，希望我能够为她过一个很棒的夏天，我在写这首歌的时候，想到我们建立深厚感情的那年夏天，那时候我们还没有很熟，可在往来的简讯中，她知道我过得很不好，毅然马上从士林赶来泛义路找我，那时候我趁着酒意和悲伤，在大街上狂奔哭泣，就像一个逃兵，想要逃离一切悲伤，只有她在后面紧紧追着我，为我挡去很多不必要的人。那年夏天和那个晚上对我来说很重要，我永远不会忘记她跟我在街上奔跑、喘息和哭泣的模样，从那以后，夏天就成了我们的密语，只有我们知道它代表什么意义。

她对我而言像是一片草原，在她的陪伴和情感之上，才能被舒服地包容和安躺，我们却想为对方发光，为对方飞翔，即使不能像风筝般飞翔，我们也有彼此，不用苦苦追赶。

这是吴青峰诉说张悬时的只言片语，《无与伦比的美丽》由此为一段深刻的感情烙上痕印。

一直以来，我很想告诉你的，如同日落的晚霞般遮掩不已的光亮，灰暗，却又真诚得鲜红。

青峰已为张悬写好多好听的歌，而我却也可以给你写好多感动的文，你对于我的不可或缺，成了我不敢说"朋友，我想你"、"亲爱的，我爱你"、"喂，快跟我说句话"的唯一理由，我可能会在某天清晨轻吻着你，对你说我只想把它送给你，我的朋友。

比友情更暧昧，比爱情更纯澈，这第四类感情，我们拿捏得响当当的。

我在前几天同一位聊得来的师姐聊了一整晚的天，我以一个普通高三毕业在即的身份跟一个年级第一的复读生学姐进行的对话，涉及梦想、现实，以及要走过尽可能想到的路，她倒一直感兴趣我的上海之行，我说这一趟没别的收益，就是让我对曾经向往的东西变得彻底漠视，她说，你长大了，我替你高兴。

我那个时候想起了我们聊得起劲的样子，说怎么怎么样，再说怎么怎么样，而我信誓旦旦，拍拍胸脯，说我可以给你一个未来。

后来我收到很多留言，字里行间流露的是你的焦躁，尤其是我愈加明晰的时候，说出的话让你感到更加地惶恐。

但这是最真实的我，我想要告诉你，那些信誓旦旦的话，真的是我无昧时说出的话，而你极有可能以为这是我放弃我们梦想的前兆，你却不知道，因为我深知前方路途的坎坷，所以如今我更要加倍努力才是，我只是从一个乳臭未干说着"永远"字眼的孩子，变成一个明理世情、给你带来真实未来的男人而已，这里面，依旧是我对我们情感的维系与安抚，以及即使触不到你的脸，却仍有满足。

2011 年，在我们南方的冬天。

可能不会有在更北的你那儿的温度低，但心是热的，你我可能不再寒冷。

我想起从前自己写过一段话：在某一段时间陷入对未来的迷茫，醒来后一定会无比虔诚于最初的梦想，即便梦想不再清澈，但不会总有那么温柔的阳光，有一天你会学会成长，哪怕这代价，如同匕首般锋芒。

明天我就得返校了，那么以后的几个月，双耳不闻窗外事，你我的交集便又少了。

其实如果没了你我的这段感情，生活依旧继续：我依旧会埋没于题海之中，高考的气氛来得一点也不弱，那个画在墙上的蜡笔小新或许还在，这一切都不会变。

但总是少了些什么。

就像失去了你一切动机的源泉，行走间都是晕晕眩眩。这样类似药物的依赖，又怎能说成是对待一个路人呢？

此刻是凌晨的两点多，小镇窗外寂静得如同一面冰冷的湖水，微微有一丁点儿的星光，却像飘零在这寒风中似的。

我想象着我们在不久以后的第一次会面，是在咖啡馆，不，应该是在站台，不不不，可能，对，可能是在一片湛蓝的大海边上。

你向我走过来，海风吹起了你的长发。

我问："小姐，我们是不是见过？"

你说："大概吧……去年的夏天？"

你对我笑，我也对你笑。

你看到我眼里，你赐予我那温热的第四类感情。

我看到你心里，装着我给你的，满满的未来。

作者简介
FEIYANG

唐有强，生于 1994 年的水瓶男。闷骚与明骚的结合体。喜好独立音乐，因唱腔酷似苏打绿而赐名"小青峰"。文字犹爱七堇年。坚信可以用最朴素的生活跟最远大的梦想温柔地推翻整个世界，然后把这个世界变成我们的。(获第十三届新概念作文大赛二等奖)

旅途  ◎文/晏耀飞

　　本来已经道过别，临到检票的时间，列车到站时刻表上却又冒出一行红字"晚点约 30 分钟"。我握紧行李箱的手马上被这行字抽了筋，软了下去。旅伴琳琳却显得很兴奋，她安慰我说列车晚点就像大学生上课迟到，是家常便饭。然后丢下我一个人看行李，风驰电掣地跑到后面与送她的人小别重逢。这大概就是被晚点的乐趣，收获双份拥抱，双份一路顺风，真是实惠!

　　我们终于三生有幸站到了月台上，悬在心上的石头终于落地，可惜落地未稳，一个穿制服的阿姨就像大跃进时的领导汇报成果，喜气洋洋地宣布，此次列车已人满为患，让我们各显神通，尽力往上挤，上不去的就只能等待明日此车。男乘客们倒还没被吓住，一个个跃跃欲试，恨不得人更多点，好尽可能彰显男性魅力。只是几个胆小的女生早已经吓得花容失色。

　　我们对面那辆本来比我们的车还晚的车将那边的月台扫荡一空，长鸣一声之后扬长而去，很快消失在

斜晖日暮下。我们目送它过去，像目送我们走过的时光，带着满目苍凉与一腔怅惘。当它彻底隐没，只好回过头继续期待我们的未来，未来却不知道在铁轨的哪一点上，还在挑战我们的期待。

琳琳建议我先去找到一号车厢的位置，这样的话，车一旦大驾光临，我们便可捷足先登。我慎重考虑了一番，就斗胆拉住一位穿制服的阿姨，腆着脸问"阿姨，请问一号车厢在哪个位置"，她展颜一笑，嘴角牵动起满面风霜，但我等了良久，她还不开口，只是笑，笑得我冷汗淋漓而下。过了片刻，她终于收敛起笑容，抬起手以与铁轨平行之式向我的左前方指去。我其实并不知道该在哪儿停下来，但出来混，人心险恶，我不想把自己表现得太傻，就假装恍然大悟，顺着她指点的方向走过去，但我实在不知道该在哪儿停，一出发而不可收拾。幸好那位阿姨又从后边赶上来，启金口吐金喷玉道"前面一点"，大概到了一号车厢的位置，她让我们停了下来，为了表示感谢，我由衷称赞道"你的制服真漂亮"。她对此充耳不闻，拿着唧唧呱呱的对讲机走开了。

火车终于到了，灯光打到了银河系，又从那儿绕了一圈退回了地球，慢慢回到了人群中。

车停稳后，我才发现，1号车厢其实还在前面，为了占取先机，我立即发足狂奔，恨不得有人能大发慈悲像踢球一样踢我一脚，把我踢进一号车厢，完全忘了琳琳和她的行李。

上完了车才知道，根本就没有跑的必要，没有一位乘客会被留下来。

　　人满为患倒是真的，走道上密密麻麻挤满了人和行李，要想踏出一步还得像踩梅花桩一样摸索半天，没有金鸡独立功底的最好有个立足之地就别动了。我和琳琳腿上功夫一般，只好见好就收，找到一个位置就坚守不动了。

　　我左前方坐着一男二女，乍一看像幸福的三口之家。女儿坐在中间，皮肤白皙，头发黑亮柔顺，我上车的时候，她惊鸿一瞥，我滴水之恩以涌泉相报，深情瞥了她好几十眼，后来发现我们似乎似曾相识，就站在她的身后，打算仔细研究一下。可是她不大买账，把脸一直埋在她母亲的肩上，只小气地露出了点侧脸。她母亲很时髦，染烫了一头焦黄的卷发，显得风韵犹存。

　　车窗关得严严实实的，像一个盛水的盒子，没有一点缝隙。凝滞不动的空气里窜动着每个人胸腔里呼出的二氧化碳，令人窒息。我的脸像火炉一样，发红发烫起来。同时上车的几个女生的脸也变得潮红，像熟透了的西红柿。火车依旧奔驰，旅途还在继续。

　　左前方那个女孩猛地醒了过来，抬起惺忪的睡眼似乎是不经意地扫了我一眼。我蓦地低下了头，我自己也不知道是害羞还是怕她看到我红通通的脸。其实我是过虑了，我的脸黑得像在墨水里浸泡了很多年，脸红的时候别说肉眼凡胎，就算是火眼金睛也未必看得出来。为了掩饰尴尬，我和琳琳聊起了期末考试，又跑题跑到了她的造型上，我抓住机会损她说她那头波浪发在穷凶饿极的时候可以当方便面吃。左前方女孩顿时笑了起来。琳琳说搞这个发型完全是看在发型师帅的分上。

我正打算也笑一笑，不料两个身宽体胖的阿姨前呼后拥着一辆餐车挤了过来，我试图退一步，没想到退一步海也不阔，天也不空。我的背包恰巧抵在了一个男青年的身上，打扰了他跟他女朋友亲热，他回过头翻了个大白眼，又觉得光这样不足以在女朋友面前显示出男人的力量，又扯着老公鸭嗓子叫道"你的包"。我庆幸的是只是打扰他们亲热而不是造人，否则他肯定会要我一命偿一命。

我向前走了一点，两条腿交叉，摆了个模特前进时的姿势，拼命把腿朝右边的椅子上贴，那两个阿姨也很拼命，使出了生孩子的劲儿，推着餐车从我脚上碾了过去，左前方女孩一直瞪着大眼睛饶有兴致地看着这件事，将我的落魄一点不落地尽收到了眼底。她见我已化险为夷，又有时间看她，很不好意思，趴在前面的桌子上睡起觉来。我又和琳琳有一搭没一搭地聊天。期间不经意瞥见身后的男青年还在和他女朋友亲热，不禁佩服至极，他一口气憋那么长，有可能是练过龟息大法的。

火车掠过一排低矮的房屋，那些房屋在此刻显得很小，也许只能住进十多岁的孩子或传说中的矮人国的人。在旅途中，不管路过的人还是房子，都是浓缩的精华，看起来十分精致。让人觉得自己所处的地方很大，就感觉舒服不少。

一个男乘务员不知何时从哪儿钻了出来，打开他的文件夹，文件夹好像被刘谦摸过，冒出了九张排列整齐的人民币，然后故弄玄虚让人辨别真伪，玩了一阵子，噱头玩足，就切入了正题，拿出一包验钞器，眉飞色舞地讲解其功用，引得几个美女兴趣盎然，拿着验钞器验了半天。左前方女孩被吵醒了，睁着大眼睛看了一会儿，好像没什么兴趣，又继续靠在她母亲怀里睡去了。男乘务员忙活了半天，可惜看的人多买的人少，没什么收获，灵机一动，换了个策略，像很多商家一样，挂出了买一送一的牌子，气氛一下子热了起来，大家争相购买。

左前方女孩再次抬起头，狠狠瞪了蜂拥的人群一眼，无奈地将目光移到了窗外，但窗外此时正一片黑暗，从窗子上只能看到自己的镜中成像，她到底在看什么呢？我不知道，就像我不知道为什么对一个老笑着说我反应迟钝的女孩的笑容念念不忘一样。她的笑是那么可爱，让人觉得说不出的舒服，笑得像夏天的一泓清泉，或者冬天的一场雪。

我正想得投入，又有一辆餐车推了过来，直到到了身前我才反应过来，赶忙将刚训练好的姿势重新摆了一遍，比前一次还要狼狈，不过我没敢往后退，后边那对男女已经操劳过度，相拥睡去了，我没不道德到去扰人好梦。我看到左前方女孩正在看着我笑，那笑分明就是早已经印在我脑中的那个笑。

琳琳抱怨餐车往复得太频繁了，引发了很多舍不得买饭者的共鸣，一时间怨声载道，我担心铁道承载不了太多的抱怨，就将我的一腔不平憋回了肚子里。我想，我们不吃有人要吃，我们不能堕落到饱汉子不知饿汉子饥的地步。况且，站着说话未必不腰痛，要像我们这样背着行李保持一个姿势站上几个小时，恐怕不说话都嫌腰痛，哪还有抱怨的力气！而长时间坐着的人也好不到哪里去，他们腰不痛，屁股却会痛，有很多人已忍无可忍，都站在了座位上。

左前方女孩对面的那个中年男人却一反常态，站了一会儿后，索性又一屁股坐在了两排座位之间的桌子上，露出一截肥嘟嘟的白肉。左前方女孩有些害羞，不敢再靠在椅子背上，手忙脚乱地掏出了手机，开始QQ聊天。我很想暗箭伤人，向那个中年男人甩一袖箭，趁左前方女孩感激涕零之机要她的QQ号或手机号，这当然想得挺美，可惜没有袖箭。我本想让琳琳帮我要她的联系方式，又觉得有些不妥，如果真让她要，以她的性格，不出一天，这件事就会普天下无我熟的人不知，到时候，所有的女孩子都会觉得我是个随便的人，而事实上，我不是个随便就随便的人。

我换了个姿势，背靠着右手边的椅背上，面朝着左前方女孩，我想捕捉到她的每一个细小的动作，以便以后慢慢回味。我的姿势刚刚更新成功，又有一辆餐车推来，我连忙摆出老姿势，没想到背包恰在这个时候出了状况，包带脱离拉环滑了下去，"啪"一声掉到了地上，我赶忙将它捡了起来，正好触到左前方女孩的眼光，脸不由自主"刷"一下红透了。

列车到站的广播响了起来，我迅速拾掇好背包做好了下车的准备，我很想在下车之前再看一眼左前方女孩，可是终究还是忍住了，我的背包让我在她面前现了眼，无论如何不能再看她，否则会让我很难堪，直到下车，我都再没回头，可是，我想她是回头看过我的。我姑且这样想。

奇怪的是，那天晚上下车后，我再未想起那个女孩，只是想起那个对我说"反应迟钝"的女孩时，才又想起，那次旅途中遇到的女孩居然与她那么像，于是，慢慢回忆起我刻意捕捉到的那一举一动。

作者简介
FEIYANG

晏耀飞，笔名北海没鱼，生于楚地。热爱简洁、隽永的文字。喜欢中国古典文学和五四文学，听最流行的音乐。疯狂追逐韩寒、苏童和余华。未来奢望能有自己的一套房子，面不面朝大海都无所谓了。最开心有朋自远方来，飞来横财。（获第十三届新概念作文大赛二等奖）

第 3 章

灯下漫笔

雨后初晴，真正豁然开朗的又有几多

塌方  ◎文/朱学颖

昨天做梦了。

梦到自己去参加新概念作文比赛，到了场地后才发现自己的准考证没带，然后再折回家。

不知道为什么到家之后发现脑海里空荡荡的，一点文字的迹象都没有，于是我开始写字，写了很多很多的字。

当我再回到考场的时候，一个个面无表情的人从大楼里走出来。

我茫然地看着他们，觉得自己很可笑，明明知道马上比赛就要开始了，却还是不受控制地一直在写、一直在写。

塌方。崩溃。

我喜欢用前者。感觉就像自己一砖一瓦搭砌起自己的小屋，在即将完成前，满心欢喜地幻想着搬进去之后的幸福生活。然后却有人告诉你这个地方马上就要地震了，于是你只能站在房子外面，等着地震的到来，

等着你视之为生命的东西在几秒内塌方。

这时候，是哭不出来的。只能一动不动地在它前面站上好久。

我一直都认为自己心里有很大很大的湖泊，很美很美的鸢尾，很高很高的建筑。只是不知道从什么时候开始，它们一个个地都塌方了。我甚至听到曼陀罗倒地时的轰然之声。

已经很久都不敢涉足自己的心了，我怕看到那一片荒芜，我怕看到曾经那个笑靥如花的自己如今带着郁悒落拓的愁容遥望着我。

我只能在周围竖上高高的篱笆，挂上正在维修的牌子。然后花更多的心思在那外面建起华丽的屏障，妖娆的花朵，形成一个个光影交错的繁华，来分散别人的注意力。

有时连我自己都会忘了曾经的沧山泱水、曾经的暮色四合、曾经的层峦叠嶂、曾经的春深似海，更忘了它们已经是曾经了。

直到那些逼仄的、绝望的呐喊从狭小罅隙里溢出来，才会想起。

这种呐喊可以是熟人的一句话，就比如他对我说："你越来越废了。"

我找不出理由来说服他说我没有，于是只能找尽那些客观的理由，我不知道他信了几分，只清楚我说服不了我自己。

人和人从来都不是平等的，上帝也从来都不是公平的。

很多很多的人都说只要努力没有什么是不能做到的。笑。

如果有人和我说只要我把这几本练习做完了，就一定能考上名牌大学，那我肯定毫不犹豫地去做，甚至可以做到倒背如流。

只是这个世界上永远都没有"一定"的事情。

人们只能说你要多做点再多做点，如果做一百、一千道题，可以让你的高考多上去一两分，就能被称得上物超所值了。

我看着自己血淋淋的成绩，心里很痛，是那种从很遥远的地方传到心口的，胸口感到隐忍的闷。

如果说数学是我本来就比较力不从心的话，那作文呢？

我一直都记得小一说，如果在卡夫卡还没有变成名人之前，我们写了一篇《变形记》，会及格吗？

未知。

我也一直都记得小一看到那几次作文成绩时，落寞自嘲的语气。

所以，我们是否应该乖一点，好好地、心甘情愿地待在那个小小的天地里，谈着积极向上，谈着人生精彩，谈着我是一个很乖很守规则的学子，所以老师给个好分数吧。

这样类似乞讨般的心情是我逐渐学会的。

"高中就是一场长达三年的凌迟，最后的最后大家同归于尽。"最后的最后，我守着我的废墟陷入无尽的混沌。

所以，我们千万不要把现在与曾经相比，因为村上春树说："这些简直就像没对准的绘图纸一样，一切的一切都跟回不去的过去，一点一点地错开了。"

作者简介 FEIYANG

朱学颖，1991 年出生在上海的小崽。通常是披着腹黑系皮的治愈系，偶尔内外转换。(获第十一届新概念作文大赛一等奖)

守候夕阳  ◎文/余欣

今天家里没人，不想上网，不想碰作业，不想去溜冰，不想去游泳，没事做，就自己到了一个咖啡厅闲坐。

爱尚咖啡店面不大，却很精致，人又不多，收费也还合理。年轻人和学生便常来这里。暑期是旺季，但今天不知怎的人很稀落，大多是和我一样没事来坐的学生，并不见一对爱侣。可有一个女孩，或是女人吧，却是吸引了我的视线。

我到那里时是下午一点。自己找了个靠里边的位置，因为害怕太阳猛烈的光。可是却有人相反，正是那个女人。她将竹制的窗帘拉下一半，然后坐在小圆椅上，阳光金灿灿地洒在她的肩头。

起初我喝我的饮料，想自己的心事，并未太过注意她。当我想到眼睛时，抬起头，偶尔看到了她的眼睛。我在暗处，她却坐在阳光下，因而面目清晰，神情明了。她没有一双很大的眼睛，没有足以媚惑一个男人的纤细长睫，是很普通的眼睛。可她普通的眼睛却有一种

我许久未见的女人的哀伤愁思，仿佛有种东西在她的眼里，道是剪不短，理还乱。于是我有了观察她的想法。

　　仔细打量了她。很年轻，约莫二十岁吧。着装如长相一般普通，不再多述。她只是把双手放在腿上，头微微侧过，看着窗外楼下来来往往的行人。我说过，她有特别的眼神，往细看，却也非十分特别，很明显，她是在等什么，可是究竟是什么呢？当我再次看时间时，已经三点了。她已经等了两个小时，可她没有打电话，没有离去，还是那种眼神，仿佛她刚刚到这个地方，前一分钟还在到这里的路上，眼中没有疑惑与焦急。

　　我并不是做侦探的料，我无法把精力集中在一个几乎静止的人身上很长时间，于是我的思绪回到了我身边人的种种，也就不再特别留意那个女人。但看着她那边的半拉的窗帘，我就知道她还没走。

　　当我饿时大概是七点吧，正想离去，那女人却站起来，捋一捋头发，贴着窗子往天上看。我顺着她的目光看过去。啊，是夕阳和火烧云，在天空的那一边。很美丽的。正当我看着越来越浓的火烧云遮住太阳时，那个女人却一个人离去了。我想，她该遗憾没有等到要等的人吧。再看了一眼，她的眼神不光没有一丝不满、遗憾或愤怒，反而有一丝忧郁的满足。没待我仔细看，她像浮云一般消失了。

　　我以前常来这里，那里的服务员我也认识一两个。问了她们关于这个女人的事。她们说她这段时间常来，总是坐在那个位置上，总是等到夕阳傍远山才一个人离去。

　　于是，我疑惑了，她会总来等一个等不到的人吗？

　　也许，她等到了，她等到了夕阳，夕阳每次总会赴约，所以她的眼神里有满足。但那满足是忧郁的，也许，她有一段血色的记忆深埋在血色的夕阳之中吧。我不会再想，因为不管她有任何从前，这一刻，她在独自守候她的夕阳。

作者简介
FEIYANG

余欣，男，1991年10月生，现就读于重庆市第八中学。（获第十一届新概念作文大赛一等奖）

雨后初晴  ◎文/姜嘉

　　刚下完了雨,城市渐渐明朗起来。尘埃被雨水冲刷,上帝还原了她应有的容颜。已是夜晚,天空已然如同淡墨熏染般带着浅浅的阴翳,娟然逼人。

　　今年的夏天阴雨不断,气温始终徘徊在二十到三十度,不温不火。那雨,一看就知道是在江南,孤芳自赏地延续着她独有的缠绵悱恻,古往今来被文人骚客记入笔下,颇有风韵,也惹得许许多多的人触景伤情地为之悲哀。

　　细雨连绵的时刻,我正踏着这条柏油马路的人行道,走在去姨妈家的路上。没有找谁同行,一路上没有人做伴,也没有人跟随。不知道从什么时候起,开始学会这样怡然自得地踽踽独行。淅淅沥沥的雨声,在某些多愁的路人看来,仿佛成了背景中最凄清的点缀。

　　忽然,背后传来小孩子美好的童音,贸贸然回头一看,是两个女孩和一个男孩,男孩撑着把大花伞,女孩们则是用课本挡着头,应该是同个班级的小学生。

　　男孩说:"你们都淋湿了,我可以勉强和你们合伞。"

一个女孩撅起嘴说："合什么啊，你干脆把伞给我们不就得了？"另一个女孩也说："就是，是不是男子汉啊？"男孩急了，却装出不屑的样子。女孩们前言不搭后语地反击他，然后一边坏笑着，一边用脚在地上水潭处直跺脚，将污浊的水花溅得老高。

我无心偷听别人的交谈，只是这些可爱的对话毫不留情地把我的思绪扯走了，还牢牢地抓住不肯放生。曾经自己也走过这样的一段日子，和好姐妹、小男生一起走在回家的路上，我们的谈笑风生，或者是调皮逗乐，又或者是没有恶意的拌嘴挑衅，就在这一刹那浮现眼前。只不过，心中没有什么疼痛，反倒觉得坦然安定。

时间不饶人，该走的时候就得走，不会因为你是谁而改变，纵然我们再怎样变，依旧得在这样百般无奈的生活中，欣欣然地活着。

不少的人在为生活、时光忧愁，当然，也有不少的人要么在使劲探求着所谓的幸福，要么自以为是地感叹着那句亘古流传的老话：幸福就在我们身边。

其实，知不知道幸福是什么，了不了解自己是否处于时光交接处，有多重要呢？不知道，依旧吃饭睡觉，安然起居，若是知道，反倒平添苦恼，作茧自缚，随后或许无病呻吟，感慨忧伤。开天辟地以来，先人历尽将受大任的苦楚，先天下之忧而忧，如今坐在办公室空调房中抽烟，怎可相提并论？

也有人在不断地说着，自己是个孩子。是个孩子，确实是快乐幸福的事情，然而，这是说做就能做的吗？反而使得真正的孩子挂着鼻涕不知所然了。一些碌碌无为之辈，受不了现实的淫威，为自己的懦弱找一个光鲜华丽的借口。

我们不妨换个角度，极端片面而且偏激地来看，孩子或许是所有疼痛的来源，因为看上去太过美好，所有的美好在其衬托之下皆黯然失色。一回忆起孩子的时光，人们便感慨万千起来，有觉悟的人仅是嫣然一笑带过，其他，则要半晌才能回来正视现实。

路边上的水杉一直都是这样的青葱翠绿，雨水涤濯后更是透着生的鲜活气息，即使舞伴——雨水，已经走远，即使俨然在夜幕中，它也兢兢业业地表演着专属的独舞。这才是我所寻求的感觉，没有浮夸，没有逃避，没有恶嫌。

我只是个微不足道的人，看人生没有长者透彻，看生活没有逆境中人平静。只是借着夏雨给的小小勇气，给自己的心一个安静的理由。我还是会好好地继续走自己的路，心无旁骛。

雨后初晴，真正豁然开朗的又有几多？

作者简介
FEIYANG

姜嘉，1991年出生于江南的温暖小城，现就读于衢州二中。有理想、有道德、有文化、没纪律的好青年。热爱文字、美术与音乐。矛盾结合体。金钱欲一般。（获第十一届新概念作文大赛一等奖）

有关一首谁在深夜的浅唱  ◎文/杨雨辰

　　就像一个冗长而杂乱无章的梦，没有过渡地被拼接起来，放眼望去，看不到尽头，突兀得好像被撕裂的布帛，藕断丝连的是谁的敷衍谁的留恋？关于未来关于爱情，不知道谁错谁对谁是谁非。

　　转眼间上海又气温骤降了，上海姑娘们又勇气可嘉地脚蹬小皮靴，双腿冻得通红，冷风中吊在男朋友的脖子上说着吴侬软语诸如"侬港伐""侬噶讨厌的啦"。太阳晒不进窗户，整个屋子都阴仄仄的，角落里的霉斑印在墙上像谁哭花了妆的脸。每条街上的人行色匆匆，提着公文包挎着小手提袋踩着锃亮的皮鞋靴子，面无表情左顾右盼地穿越过人行横道，穿越过时间的罅隙。每个人小心翼翼地拿捏起感情，又把心残酷地凝固到坚硬，棱角分明地割伤了谁的手。

　　因为长时间戴隐形眼镜而引起的轻度角膜炎，整个右眼酸疼不已，牙龈肿胀，一刷就是水池里混着血水的牙膏沫，咬口苹果也会拖拖拉拉一长条血渍。人处在亚健康状态的时候总会想到些令自己绝望的事。

比如与爱情绝缘的未来。曾经走过的路，曾经许下的诺言，还有曾经看透却没有说破的谎言。固执一念地认为只要谎言不被戳穿，那么就不能称其为谎言。就像折射着美好色彩的肥皂泡，在还没有遇到尖利的尘埃时，把世界扭曲到最完美的弧度，这样就可以勉强假装叫做幸福。

一个人在晚饭后走在萧条得不知名的小街上，两排树随风轻轻抖动，像是小时候看过的低劣恐怖片的粗糙场景。复古的屋顶不知道在月圆的时候会不会有黑色的猫咪对着月亮哭泣。也有很多昂贵的小店，假发店的店铺橱窗里展示的都是价格不菲的逼真到头皮都像从真人头盖骨上扒下来的头发，店内一排排半截的女人像，仿佛是在伤口处被横向截断，截面被牢牢固定在玻璃板上，她们皮肤白皙，顶着造型各异的假发，淡定地微笑。糕点店里面精致的点心被整齐地陈列在透明的推拉门里，水果挞上面点缀的黄桃看起来甜度很高，芝士蛋糕被锡纸包裹着，切口光滑。笑点很低的女店员乐得肩膀一耸一耸的。在街的第几个拐角，年轻的情侣相互拥吻，一同分享着一个耳机，然后把"我想你我爱你我们永远不分离"的情话大声地唱出来。每一幕都是正在上演的一出戏。不要把自己置身戏外，不要做蹩脚的演员。

然后，就轻轻地想起很多人很多事。

某个夏夜里因为虫鸣而辗转反侧的不眠，当时觉得充满了恐怖色彩的衣柜，会不会有外星人或者白衣女鬼躲在里面，吓得不敢睁开眼睛看看墙上的老式挂钟到底几分几秒，就只能数着半小时一次的打点，推算着什么时候才能到天亮。终于在天空泛起鱼肚白的颜色，听着早起的清洁工扫地的"沙沙"声，安心地睡过去。只有一个晚上是小小地绝望悲伤着的，那个时候才会感觉到自己是被全世界遗弃的一个孤独的小孩子。

还有由于贪玩忘记写了的作业，胆战心惊的一个上午。跟谁交换自己在方便面里吃出的心爱的卡通小卡片，换回来一只小猫。一个小孩子在小卖部门前的踌躇，终于决定花一毛钱买一小包话梅或者风干的萝卜丝，心满意足地走在回家的路上。因为嘴馋偷吃了奶奶治疗心脏病的糖衣药片，瘫软无力在床上的整个下午，昏昏沉沉地被谁抱到医院去。整个世界都是美好的缩影，幸福的切片。

关于美好和幸福，就是几乎所有的童话故事都有一个完美的结局。王子驾着马车佩着宝剑披荆斩棘历经坎坷之后，总会打败万恶的巫婆以及凶残的巨龙，然后就会在被囚禁的公主额头上浅浅印下一吻，打破咒语，最后王子和公主终于结婚了，从此过上了幸福的生活。然后就从什么时候开始悄悄地成长起来，想象有这么一个牵着不一定是白马的王子，在我最需要的时刻出现，用力把我的手握在他的掌心里，我们的命运就像紧握的掌纹一样纠结不断。

偷偷观察一个人被阳光削得棱角分明的侧脸，鼻子坚挺的弧线，唇角带着点邪恶地微微上扬。特意拜托卫生委员把自己和那个人安排到同一个大扫除的小组，结果那个人却在大扫除的那天没有来，一个人怀着卑微的希冀把墙擦了一遍又一遍，干净得纤尘不染的墙面上倒映出谁将要落泪的表情和强作欢颜的笑脸。生日的那天，送他一只装满了蓝色星星的瓶子，整整521颗，比520多一颗。作为回馈，他送回给她空空的蓝色青蛙扑满，青蛙的大肚子里面空空的，装得满满的都是谁的忧伤。最终还是互不相欠。

也开始记录自己的心情。晴好。多云。阵雨。积雨云厚厚的，一层一层铺满在天空上，稍稍加点重量，就落雨，打在楼下的葡萄架上，打在浇满凝固沥青的房顶上，打在铝制烟囱上，发出清脆的金属声，打在谁的长睫毛上，像细小的眼泪，哭得并不是那么伤心。又去了可以坐在上面打秋千的小冰品店，玻璃杯子和金属小勺都冻得冰凉，托着下巴一勺一勺把冰淇淋送到嘴里，想着这算不算小资情结，然后在付钱的时候小小心疼一下。也去市中心的广场上喂鸽子，手里捧着各种稻谷混合成的食物，看鸽子飞上去，把裸露的胳膊抓出一道道淡粉色的痕迹。还在简陋的小店里面吃滚烫的过桥米线，却不小心烫了舌头，吃得浑身都冒汗，小店里吱吱呀呀的风扇吹不到的角落，杂色小猫叼起不慎落在地上的碎肉片。总在该吃饭的时候想到归家，路上买了零食，一路走一路吃，一直吃到家门口。

从来也没有人在什么时候告诉我什么是爱，是谁对我说过：几乎所有的人，都是在还没有准备好的情况下，就开始我们的人生了。我们哭了，才知道这就是伤心；我们跌倒，才知道这就是疼痛；我们爱了，才知道这就是爱。一切都没有准备好，但是，一切又真的开始了。然后，我就准备好了，准备好娶她，准备好为她穿上嫁衣。常常在猝不及防的某个瞬间里，幻想教堂里延伸出的红色地毯，我的谁让我挽着他的胳膊。我们一齐走过。后来，他就拉过我的手，把一枚戒指套在我左手的无名指。无论这枚戒指是多少克拉钻石的或者是金的、银的、铜的、铁的、有机玻璃的，我都会低下头味味地笑，把幸福诠释成嘴角边那个最温暖的弧度，微笑对所有人宣布：

我愿意。

那些随风而逝的誓言，以及用美好粉饰的谎言，像谁心口巨大的空洞，愈是想用力填满，愈是疮痍不堪。人行道上背向而驰的男女，谁在街角不经意间回了头，谁就输掉了整场战役。于是我只好把手机关掉，又打开，看着明明灭灭的屏幕，不知道用什么表情面对这个预谋的叛变。

那只最心爱的杯子，就在一个猝不及防的瞬间，从手里脱落，砸到了地上，杯柄摔断了。参差不齐的断口就像无休止的争吵谩骂、流言蜚语，然后那个说永远只离我一转身的距离的人，终于在我转身以后决绝地留给我一个背影。曾经说不走的那个人，总是先别人一步离去。都说飞蛾扑火是令人匪夷所思。朝圣般的小昆虫们，义无反顾地献身给火焰，之后的一缕青烟，会不会像科学家们说的那样，人死后比死前轻二十一克，所谓的灵魂，就是以这样的形式蒸发了吗？可我知道也并不是所有人都会选择趋利避害。就算奔赴一场华丽的死亡，依然可以把嘴角残留的那朵微笑诠释成幸福，快乐，或者是一切美好的字眼。

偶尔天气很好的时候，拉开窗帘坐在凳子上，就像一只慵懒的猫那样，眯着眼睛晒太阳，补充维生素ABCDE，晒得一边脸是烫的，一边脸是凉的。就像我们在成长的时候，幸福里面总是夹杂着痛苦，只有残缺的人生才是完美的，人发明了那么多矛盾的悖论，然后自己把自己驳倒。像是撕落花瓣数着"他爱我""他不爱我的"羞赧少女，明明知道结果也许根本与爱情无关，可还是忍不住在数掉最后一瓣"他不爱我"的时候深深叹一口气，却又在袖口或者裙子的褶皱里又找到一片遗失落数的花瓣而欣喜若狂。

固执地认为有些记忆是印烙在大脑沟回的纹路里的，无论如何都无法忘掉。曾经尽力去忘记的某个人，某条街道，在某个夜晚那一枚月亮下面相互牵起的手，以及在某把伞下面谁低下头踩着水坑静静地离开，都在一个人最脆弱的时候一起浮现在眼前，只是模糊了的场景模糊了的面孔，就像某块可溶性金属放在稀盐酸或者稀硫酸的容器里，冒着气泡溶解在溶液中，直至消失不见。如果忘不掉，那么就用力狠狠地记得，在午后的阳光里翻晒旧书一样翻开它们，细细地数，一帧帧发霉的电影胶片一样，在霉斑里谁捧起谁哭花了的脸，说乖，不哭。

也学会了对谁残忍。在谁面前用坚实的盔甲罩在上面，伪装自己，不让心里那块最柔软的地方被谁窥视。终于盔甲嵌进了肉里，与心连成了一体。如果将这盔甲拿掉，势必会血肉分离。以及，精致的妆容，粉底、眼线、腮红、唇彩，妆点出一个刚好露出八颗牙齿的标准微笑。谁也没有力气让这些伪装和面具分崩离析。

想过该从溃败腐烂的伤口逃脱，地铁穿过整个城市，在人们看不到的地方纠结着，把每个笑着、哭着、健全的、残缺的人运送到某个忧伤的角落，于是人们开始凭吊，眼泪的落下是自怨自艾。乘坐火车，车厢与地铁同样的压抑，开往逃避的天涯或者海角。预谋的人间蒸发，割断一切与外界联系信号。一个人享受不被拥有的自由，一个人暗喜后又独自饮泣，一个人到达两个人曾经梦想过的目的地。忧伤地站在憧憬过的地方，却又怎么努力也做不到应景地流下两滴眼泪。

整个陌生的城市成为一个人的缩影，在熟悉的连锁便利店里再也看不到熟稔的那些脸，把自己包围在浓墨重彩的安全感里，贝壳一样浸泡在无边的海底，假装不会再受到伤害。就是这样莫名地对一个陌生的城市产生的归属感，某幢楼里挂满了男人女人衣服的阳台，灯光投射出谁在等待谁的剪影。那种叫做家的感觉。然后发现自己已经红了眼眶。像迷了途的孩子，找不到回家的路。只不过想要卑微地从谁身上乞求一点温暖而已。仅此而已。

偶尔抬头看看晴朗的夜空，稀疏的几颗行星，由于大气层的不均匀分布，在云朵后闪着金属的光泽。移动着的亮点，是夜间行驶的客机，载着多少人的眼泪，无声地划过城市的天际，尾气将天空的脸割裂一道伤痕。我们是不是就像看起来很近的两颗星星，其实中间有着很多光年的距离。我们永远无法运行在一个轨道上。是不是？

无数的人挥霍生命，用物质的腐化填补情感的缝隙。烟酒味道的暧昧混合成四处飞舞着的荷尔蒙。他们在震耳欲聋的音乐里发疯地将手高举过头，尖叫，鼓起腮把口哨打得响亮，或者伏在盥洗室的一角撕心裂肺地呕吐着。丑陋的女人依偎在谁的怀里失声痛哭，遍体鳞片的妖冶女子胸脯鱼鳃一样起伏着，表情诡谲穿梭于舞池中。谁也摸不到谁的底线谁对谁的执念。而后的整夜，出现严重的幻听。清晰到黑猫展开肉垫行走在平整的瓦砾上，对着月亮呜咽，偶尔有坚硬石块撞击的声音，是谁在夜里的低吟浅唱。

在陌生的不知名小咖啡馆，斜靠在木质墙壁边上。听着轻柔的英国民谣在耳边讲述一个故事，布莱顿海滩上，年轻的男子对女人说："One day,I will make you mine,we will be together till the end of time." 然后，"Everybody changes,as time goes by." 会不会还有人记得那个夕阳映在海水里的某个午后，两个人的抵死缠绵。就这样把情绪混合着细碎的砂糖，一同搅拌到被奶泡覆盖的一杯卡布奇诺或者拿铁里，闭上眼睛把忧伤透在每个细胞的细胞核里，分裂，再分裂，分裂得遍体鳞伤。

却始终无论如何都没有办法用尽全力地憎恨一个人。这是一件艰难的事情，彻骨的爱，或者彻骨的恨。在所谓的爱情里，到底谁错谁对谁是谁非。判定这些的唯一标准不是值得不值得，只有愿意不愿意，只有爱与不爱。决定在风吹落最后一片枯叶的时候，谁放开谁的手，拒绝继续在腐败里寻找不朽，抛弃盲目依赖，发誓与不幸绝缘。原来并没有想象中的那么困难。这辈子关于爱的不可再生资源，终于到了穷途末路的时候。阳光下谁笑着展开受伤的笑靥。

列一条长长的清单，写满从小时候到现在遗失了的心爱的物件，红头发的布娃娃，章鱼图案的小尺子，忘记了从谁那里赢来的玻璃球，尖头的金属勺，分针有些弯曲的闹钟，清单的最后是谁的名字。还有那些受了委屈就坐地铁换乘蔡陆线或者陆川线从徐家汇花两个小时跑去浦东，看到谁的时候，扁扁嘴咿咿呀呀哭得说不出话来的日子们；那些在肯德基两个人分吃完全家桶撑到要吐的日子们；那些睡不着的晚上捧着手机听谁在耳边碎碎念的日子们；以及那些哭过吵过闹过但又像小孩子一样转眼就忘掉的日子们。一并丢失在支离破碎的年华里。

想找一部煽情的电影看，趴在谁的肩膀上好好哭一场，假装被一颗关东煮烫到了喉咙，假装不小心吃多了辣椒或者青色的芥末而泪流满面，只是为了给自己的软弱找一个借口。写一封没有地址的信，寄出去，某某收。在哪条街的街角墙壁上画一小幅心情涂鸦，然后跑开。在最新一期的梅雨季节里，淋一场雨，发烧、感冒、咳嗽、流鼻涕。做所有莫名其妙的疯狂的事，像一个伤心的孩子那样放肆地大声哭大声笑。

饥饿时学会自己用电磁炉煮面吃。手脚冰凉时会想到冲一杯热果汁。生病时会自己对症下药，在大大的塑料袋里寻找该吃的牛黄解毒丸、肿痛安胶囊或者板蓝根冲剂。按曾经谁说过的那样，被迫学会自己照顾自己。

终于再在某个午后的雨天里，对着忘记收回的湿嗒嗒的外套，重重地叹一口气。

作者简介
FEIYANG

杨雨辰，女，1988 年生，在上海读书。（获第九届新概念作文大赛一等奖，第十一届新概念作文大赛一等奖）

心葬  ◎文/刘践实

一 葬礼

其实记忆里我可能只见过我曾祖父一次，那是在他去世前一周的某一天，不明原因的一次探望，可能是冥冥中注定这位老人要为我留下些什么吧。印象里过百的老人应该都是一样的，慈祥、安逸，但这一次见面彻底否定了我预先存入大脑中的臆想。

痛苦，每一天、一小时、一分钟、一秒钟不断地痛，终于，一周之后他得到了解脱，而这位老人留给我唯一的东西，就是他用生命鉴证了"活"的痛苦。他的葬礼很隆重，以用掉人民币的数量而言，绝对可以说是风光大葬。而这风光，死去的人自然感觉不到，风光的是他的子孙，别人眼里，这就是孝道。古人云：有其形无其心是为不孝。他生前这些大富大贵的子孙在干什么？他们在餐桌上陪着一些能让他们飞黄腾达的"贵人"，然后一边喝着美酒一边告诉家里人"我没时间"。

终于，在一次次的推托中老人走了，我记得很清楚，葬礼上一群戴着悲伤面具的人相互攀比着付出的金钱，在之后的餐桌上畅饮着美酒，用近乎野兽的声音哼唱着。

二　我感觉自己已经死了

我感觉自己已经死了，这是多么有趣的事，宛如被冬季的寒风灌入骨髓般的寒意瞬间洞穿了我的身体，接下来就是发疯似的奔跑，耳边的风不断向后退去，前方的景物愈来愈近，我就这样一直跑下去，直到筋疲力尽，我躺在田野上发出了如鬼魂般的歇斯底里的悲鸣。

周围是一片夜蓝色的寂静，我听见自己强烈的心跳声。我还活着。

收割后空旷、赤裸的大地上面停放着我的身体，我感觉自己像躺在停尸房里。收割后剩下的玉米秆整齐地倒在地上，像一具具尸体般等待着火化，而我所能做的也只有等待自己的命运。

我听见一个声音："起来！你这个卑微的奴隶！"

"奴隶？我吗？"一个软弱的声音说道。

"那你以为是谁？"

"走开！不要烦我。"

"屈膝的懦弱的灵魂，抱着你的懦弱堕落吧！"

"不——！"

天阴了下来，周围是一张张扭曲变形的脸发出的鄙夷的笑声。

我看不到光，我看不到一切。我听不到心跳。

我猛地从床上坐了起来，原来是一场梦。打开洗手间泛黄的灯，用冷水让自己恢复清醒，看着镜子里头发因出汗下垂，脸色苍白的自己。梦里的寒意再一次袭来。傍晚的天阴阴的，有一种梦里的感觉。我不敢再往下想，喝下一口温水，打开电视，电视里正播放着周星驰的名作《大话西游》，已经到了最后一句对白：

"那人好怪啊。"

"是啊，他好像一只狗啊。"

关上电视，再一次沉沉地睡去。

三 天真的罪

2006 年的冬季，我最落魄哀伤的日子。我的朋友都在离我很远的地方，但是他们却一直未曾远离。

即使我被批判得体无完肤，支离破碎，但是他们始终在黑暗中，眼神明亮地注视我。很多时候，那些关于过往的日子的回忆，总是能在最为脆弱的时刻，如打开阀门的水一样，缓缓流出，瞬间盛满，变得沉重。于是过往在灵魂最深处的东西变得清晰无比。

曾经翻过无数次的矮墙，太阳西下时上面拉长的影子，校门对面小卖部里两块五一听的蓝带……这些早已经成为往事，只是记得那时的我活得很轻松，活得很真实，即使在那个时候我放弃了很多荣耀。

每个人都有过年轻，可又有谁去在乎那份天真呢？时光收割了我们的青春，留下许多的回忆，但也仅仅是回忆。回忆里我们那样透明，那样执著。

上高中以后发现自己越来越喜欢去回忆以前的往事，并开始不相信周围的人，朋友自然也越来越少了。写这段文字之前我编了一套测试题，用来测试朋友对我的了解。可我完成了编写以后却发现我不知道发给谁，QQ上的六十五个好友里最后却只给了三个人。突然觉得我很可悲，原来很多"朋友"不过是我寂寞时的自欺欺人。

没有原因，感觉阳光都是冷的，打了一个冷战。最好的朋友C终于答对了所有的问题，在那一瞬间心里升起一种狂喜，一种孩童式的欢乐，一种早已尘封的感觉。C君跟我说他也写了一个，却没有给我看，他说没有那个必要。可我感觉他是在怕没有人答对他的问题，毕竟人都喜欢把自己藏得很深，我没有追问，因为我和他一样害怕。害怕原来自己一直在相信别人的谎言。

总是不经意间就想到我最喜欢的词人李煜的那首词《相见欢》：

林花谢了春红，太匆匆，无奈朝来寒雨晚来风。

胭脂泪，留人醉，几时重？自是人生长恨水长东。

人这一辈子，这样的彼此陌生到熟悉再到陌生的历程是如此之多。我站在班级的窗前，有如刀般刺痛我的寒风，我看到底下道路上行色匆匆的人群，我看到远处树丛中倏忽闪现的小鸟的痕迹。还有女孩在奔跑男孩子笑着追赶的章节。风起，吹散了我的头发，岁月伴着枯叶飘落，在一个人的天真上又铺了几层。

曾经天真地认为这个亘古变化的世界中定然有我们认为的永恒，有不褪色的爱，有不老的友谊。或者还有几十年过去同样的心境。可是，当岁月剥离彼此身上母体生来附着的单纯，开始独自面对这个芜杂的世界的时候，才开始真切地体会到这句：天真是一种罪。

爱情开始更多地与金钱挂钩，友情更多地与利用相关，甚至秋天不再与金色的麦浪而是与浮靡的小资情调相关的时候，我知道，长大到来了，天真走了。纯净再也不会来了。而原来的我，死了。

看过一部不是很出名的电影，片名叫《胡同里的波西米亚人》，片子不长，也没有曲折的剧情，但却给了我最强的震撼，因为它真实，它真实地再现了现实的利刃一点点地剥落我们梦想的全过程。看完了，可是脑海里却久久地回响着一句台词：我是变了，我是变得没有梦想，可是老子他妈在北京有自己的房子了。梦想算个屁，你们还是醒醒吧。

是啊，醒醒吧。很多时候我会陷入一种近似死亡的迷惘状态，不知道自己是否还活着，要去做什么。我不知道我在这近似无病呻吟的时候作为旁观者的你是怎么想的，但对于我，这只是一种表里如一的无奈。

正如电影里那个一心想成为作家的青年，在意外里烧掉了自己所有的灵魂结晶和自己用来握紧反抗命运那只笔的右手。我无数次的反抗，无数次的失败，无数次的受伤。渐渐地麻木了。也渐渐地发现，天真对于生活来说是一种莫大的罪。

我感到自己青春的热情逐渐冷却了，想起我小说里的男主角说过，我这轮太阳才刚刚升起就遇到了一整天的日蚀。没想到竟然一语成谶。

夕阳一点点被城市的边缘吞没，血红血红的颜色，天空偶尔飞过掠食的飞鸟，我眼神里的执著消退了，是不是所有的成长都伴随着梦想的支离破碎和快乐的残破不堪？

这个世界上，安静的地方太少，安静的人们更是少之又少。

于是，我们开始安慰自己，不必要责怪自己，只是因为天真是一种罪。

耳边响起了朴树的《别，千万别》。

我们全都在直奔天堂，我们全都在直奔相反的方向。

四　我看见童话的死亡

这个城市没有草长莺飞的传说，它永远活在现实里面，快速的鼓点，匆忙的身影，麻木的眼神，虚假的笑容，而我正在被同化……

当这一切离开，离开了曾经熟悉的世界，离开了曾经熟悉的身影，离开了曾经的追求，还有那曾经懵懂天真的我，也都一去不复返。多么期待曾经的一切能回来，不见了我的孤独和寂寞，让这黑的夜，不再掩饰我一个人的悲伤；让这黑的夜，离开我……可惜期待总是迟迟不能到来，我还是与这孤单的黑夜为伍做伴。

也许世界是一本厚书，永远的未完待续，你死的时候都无法读完，作者时时刻刻都在继续写，它是个伟大的作者，生硬的笔刻下万物，真实、复杂，亦露骨。书很厚，没有最后一页，有些人读懂对白的含义，有些人读懂对白的文字，有些人效仿真诚，有些人模仿残忍，有些人认为是悲剧，有些人认为是喜剧，人们翻开一页，没有规则地看待，所读懂的东西也就不一样了。因为没人看完书所以没有人能掌握全世界。

也许世界是一幅画，可是没有一位画家能够做到。上面的色彩是可以感知得到的冷色调，灰色是主打，与其说是画，不如说是浮雕，上面的光荣被突出得不得了，上面的罪恶，却下陷得几乎触摸不到，而这座浮雕事实上还是多面的，正面看是一幅不错的风景，你背面看又是一幅不错的风景，侧看斜看都是风景，于是换个焦距，再看，那些吓人的、悲惨的、忧郁的、虚伪的，似乎像气一样在你眼前似远似近，朦胧模糊。

用心去看的时候，却消失得没有踪迹。

这幅画可以是任何一种画，没有人能全部看懂作者的意图，因为它不像风景洒脱，不像人物那么淳朴，不像水彩那样鲜红，不像浮雕那么古朴，不像雕塑那么丰满，什么都不像，但确实是画……是一幅刻画出你内心深处的真实的画。

也许世界是一部电影，而放映这部电影的电影院就像血管壁一样，进来就出不去了。直到曲终人散，你会发现电影又重新放映，而你则成为了这部或悲或喜的电影的主角，台下的观众就用你刚才的眼神看着你的表演，然后再一次曲终人散，再一次更换着电影的主角。周而复始……而主题似乎从来没有改变，看看你进来时模糊的门票，上面陈列了所有的剧种，唯独少了一种，童话。

　　然后你发现，这个世界没有童话，童话在你进来这个世界时就都死掉了，像是开在山顶的曼陀花，招摇着这个没有梦的季节。这个世界，现实打破了所有的童话，遗落了满地的碎水晶，回忆中连剩下的阳光都写不进去，那些曾经的美好，全部被放逐。世界硬生生地展现了另一副面孔，没有微笑，连眼泪都变成了奢侈。

　　现实的风，吹散了所有做梦的权利；现实的雨，打湿了所有疲倦的心，也唤醒了所有原本没有沉睡的憧憬。没有童话的故事里，谁都不是无辜的精灵，也涂不上仲夏夜的梦幻底色。莎翁的话剧只给孩子的眼泪，不想长大只唱给眨眼的玩偶。杨树叶沙沙响，晃动童年的梦遥远得听不到回音。

　　空谷里，还记得一个人心跳的声响。只是，我们都忘记了山那边的未知是怎么望都望不到边的；散落的纷飞，怎么拼都拼不出一份完整的心情。

　　那些纯真的梦，发自内心的笑声，还有那最圣洁的对美好的向往，都随着我们破碎的心一起搁浅在现实的死海中。而死海中的物体是不会下沉的，所以那些伤痛就一直浮在我们灵魂之上，屡屡打破我们即将降临的美梦。

　　是我们太懂得保护自己还是因为我们本来就虚伪，面对心里对美好的向往，我们连受伤的勇气都没有，冰雪在心头飘落，慢慢把心覆盖。

　　而我们，却连自己的心都无法融化，看着它被冰雪同化，还嘴硬道：夏天来了就好了。可夏天在哪？冰冷的世界早已没有季节的存在。

打开窗，第一次被阳光刺痛了双眼，而手中紧紧握着的那片蓝天却不敢放飞。年少轻狂被现实的业火慢慢燃烧殆尽（什么，为什么不是一瞬间？毕竟我们还要试着反抗）。如果结局宛如流星般转瞬即逝，为什么还要画一道优美的弧线？长大了，童话就死了。随着那些美好的东西一起死了。我们哭了、笑了、伤了、痛了、骂了、散了，最终，却都归于平静了。没有人想在原地发呆，因为童话的美好早已不是最珍贵的了。

真的好想回到那个天真的时代，在那个时代里，我可以为了两毛钱追着朋友要了三天，而第四天却有说有笑地走在上学的路上。那个时代里我们……

这个世界，没有童话。

五　梦

我穿着华丽而高贵的燕尾服安静地躺在那里，蒙蒙细雨轻柔地在我并不帅气的脸上留下它们的足迹。周围有很多人看着我，其中有我正在痛哭的父母，有那为我黯然落泪的心爱的女孩，有痛心的兄弟朋友，还有一些带着悲伤面具我并不熟悉的陌生人。大家都在为我的死落泪，而我就静静地看着这一切发生。雨水还在轻轻地落下，父母依旧在痛哭，恋人依旧在黯然神伤，唯一变化的就是我眼前那缓缓合上的棺木。眼前一片漆黑，我听不见哭声，我听不见雨声，可我却隐隐地听到一些人摘掉面具后的对白：终于结束了。是啊，终于结束了。我的梦想，我的痛苦，我的快乐，我的一生。

奏响自己的哀乐，我参加了我自己的葬礼。

作者简介
FEIYANG

刘践实，1989年出生于吉林农安。最喜欢的作家是杰克·凯鲁亚克，崇尚《在路上》的生活状态，喜欢旅行。对于文字，是个一直在追求文学究竟是什么的笨蛋。并相信自己是追逐太阳的疯子。（获十一届新概念作文大赛一等奖）

嫁

◎文/马璐瑶

　　嫁者，女离家而从夫也。君不闻"杨家有女初长成，养在深闺人未识"，此未嫁之时也。如未嫁者，小学，中学熙熙攘攘比比皆是也。女之未嫁，刺绣针线为伴，脚不出深闺之门，目不过三寸之光，父兄之辈以之为外，来者渺渺不知何托。女之困如是，然比之生又何如？

　　生之未进高等学府，数理化不可不看，政史地不可不精，更有甚者外语居其母语之上而制其才，惶惶乎终日，双耳不闻书外之事，竟不知有汉也，有称伯乐者，竟谓此生之过也，悠悠苍天，此何人哉？

　　过往不表，表亦无用。且言幽幽秋水终盼得待字之时，其目所盼，其心所思，又安可知所倚赖之人是好是歹？

　　高三之生，眼望穿而骨化石，日夜盼之，谁又能大言浩叹：吾知吾定为某校之生！当其凤冠霞帔，喇叭唢呐，迎来送往，大喜之日，又何尝不似高考两日？

不过高考者非大喜，实为大限之日，即是才高八斗，学富五车，又有几人知高考之变数？难为者有之，难言者亦有之，即便难上青天，也终挨过两日高考，十五载劳累，可得喘息，未必！高考不同于嫁者，先嫁再聘也。

古之聘者，皇城为贵，古之千金，皇城为贵，今者亦如是！人情之势力，贫富成其教育之本，如豫中之地，佳人绝色者，嫁之皇亲国戚之家，小家碧玉者，埋没草野之中。

而今北京之地区区九万考生，一班北大者多有二三十，此豫中九十五万考生共得名额也！嗟乎，笔者在此为九十五万人一悲，君何不幸生此不见怜之地，君何不幸生此不公之时！

媒妁之言，父母之约，古今如是。父坐堂上，生颤颤执笔，父言某校，生书之，父言某专业，生书之。若有一言相抵，便以不知世之深浅，便以过来之辈压之。

俗言曰"林子大了，什么鸟都有"，此言得之，选婿之状，不单如是。有浩然者，任其子自选高校，知轻重者尚好，然有双手一翻招生简章，听人乱语便已定其报考之校者。哪有其女终身如此乱托付之事？即便包办婚姻也无莽撞之说，不问生辰八字，便定夫婿，不查高校状况，便定报考之校，由此观之，报考尚不如嫁。

有痴情之女，未必有痴情之子。

笔者常听生言非某校不嫁，然未曾听高校言非某生不娶也。何故？多少之别也。独坐金銮者，三宫六院，佳丽群来，缺伊不少，多伊不多，何苦为某人而伤其尊卑？退而言之，非皇家，即是地方一霸，三妻四妾也是常事，女有情非郎不嫁，郎未必有意非女不娶，热脸贴个冷屁股，可怜天下痴情命薄红颜！有人问曰："择婿而已，何有薄命之说？"笔者不言，仅悼殉道者在天之灵。

自古以来外戚为一大势，此言嫁之力，不可不重也。如有攀得皇门，修得龙脉者，势力大增，鱼肉百姓，欺上瞒下，独霸一方，无恶不作，为何？嫁而得势也。有"春风得意马蹄急，一日看尽长安花"者，有一朝中举，喜而发疯者。

鲁迅先生曾言嫁制之弊，请先生在天之灵看如今之制，可有为考者言之人？嫁亦得势，考亦得势，嫁之于考，厉害相比，有何不同？

如使有变，必变之根本，变之社会人才价值观。偏差之由，盖因国人精神，两千余年所积弊，改之何易？笔者豫中九十五万考生之一，叹之何用？不改弊端见之远，改之收益见之远，不足为庙堂忧，更不敢劳范谊白痴忧，我泱泱中华十三亿人，可有救生与水火之人。某不敢求北京考生之利益，但求教育升学之公平；某不敢求一朝之改制，但求渐减积微之弊。但此困顿之愿尚不得偿，唯作酸文以叹……

天要下雨，女要嫁人，咱要高考，拒绝改变，拒绝进步，由他

去吧……

作者简介
FEIYANG

  马璐瑶，笔名北辙，1992年出生。为文宗旨：
以心为文，笔随心愿。（获第十一届新概念作文大
赛一等奖）

第4章

阡陌红尘

没有人看见，在黑暗的夜里，我脸上淌
过的两道泪痕

碎琴  ◎文/王晓虹

　　乐师第一次有了这样的感觉是火烧云第一次出现的时候，在此之前的每一天，他都沉迷于睡觉和玩牌，与各种各样的男人们打交道，赌钱和彼此交换不同品牌的香烟，并且乐此不疲。那时他丝毫没有想过要做一个乐师，甚至没有任何和音乐有关的念头。那时候的他压根没有这样的天赋，不是吗？他每天无非是想，倘若今天能赢到那个红头发小子的自行车，那就是再好不过的事情，或者那个没有门牙的家伙，他有一台新颖的收音机，每天叽叽歪歪地说话，有了那个也不赖，至少不会寂寞。他就这样一天一天地过下去，直到后来他有了那种感觉，他就再也不和他们玩牌了。他开始每天眼巴巴地躺在摇椅上晃晃悠悠地盼着傍晚的到来。因为每到傍晚，天边总会烧起一团雀跃的火烧云，就像熟了的番茄那般，无限荣光地绵亘在天鹅绒的天幕里。这是绝好的天气，这时候，乐师就觉得胸腔里的那股灵感像火苗一样跃跃欲试地向外喷了，像是一下子就要迫不及待地洞穿他的瘦弱的小身躯，

飞到那杆笔头上去。

可是事实上他还是一首乐曲都没有写出来。尽管他每天都勤奋地趴在桌子上，拿一根漂亮的羽毛笔顶住腮，装模作样地思考，像极了一个大牌的作曲家，可是他还是不能写出一首像样的曲子。可是他是一个乐师，他不能气馁呀。他只能继续望着火烧云，一天一天地坐下去。后来有一周的时间他没有继续躺在椅子上看天边的火烧云，而是找了很多本大乐师的传记，仔仔细细地看下来，这样一来，他竟终于发现了一个自己满意的答案：每个大乐师的身边，总不乏有一个女人的，总是这样。

原来我也需要一个可以给我带来灵感的女人。乐师这才恍然大悟。可是眼下这件事情给他带来了不小的麻烦。洪水镇从来没有过女人，从来没有。你若问起他们是怎样繁衍下去的，我也不知道，说是不停地有外人迁来也好，男人们可以长生不老也好，总之就是那样一代一代地继续下去，镇里谁都没有提出过这个问题。

可是他不能就这样下去啊，他是多么渴望能成为一个乐师，让他的笔尖变成一盏奇妙的琴，不多也不少，把人们爱的曲子奏得最好。事实上他对自己的天赋是有信心的，那种信心来得蹊跷，仿佛自打见到了那团热乎乎的火烧云，他就觉得自己的身体是为成为一个乐师而准备的了。他甚至坚定地认为，他终会成为一个大乐师的，这是上帝安排他做的，只是在这之前，他必须找到一个带给他灵感的女人，一切就顺理成章下去了，就是这样。

乐师又花掉了一个月的时间在附近的镇子里面找一个乐意随他

完成"使命"的女人。他原本认为这不是什么难事，是的，像他这样一个满腹才华的乐师，会有多少女子做梦都想把自己许给他呢。他就是这样想当然地认为的，可是事实上你可以想到，没有一个女人肯跟他走。原因很简单，他很丑，太丑了。

他很丑，这是他新近才认识到的事情。原先没有人告诉他这个，一群男人在一起，谁会注意别人的相貌呢？何况即便认识到了，也没有人会在意这个。没错，在洪水镇，没有人会讨个老婆回家过日子，而找份工作或是做点小生意什么的，没有人会把脸蛋当什么大事。所以当他认识到他终将因为丑而失去做一个乐师的资格的时候，他沮丧透了。

做木偶的艺人在洪水镇逗留的那几天，乐师总会听到他高亢的嗓子在他屋边洪亮地叫喊："做木偶啦！惟妙惟肖的木偶，谁要做木偶呀！做木偶啦！绝对保真！不像不要钱呀！"这声音宏大得要命，吵得他简直无法安静地思考。后来的一天，艺人路过他屋前的时候，他就忍无可忍地冲了出去。

他本来想好好地教训他一顿，因为他，他已经足足好几天没有一点思路了。他怒不可遏地冲他挥舞着拳头，吼着："快点滚出去，没有人要你的木偶，你快点滚，不要像只公鸡那样扯着嗓子叫！"

可是做木偶的艺人一点也不生气，反而笑着对他说："先生，你要做木偶吗？我做的木偶真是漂亮极了，男的女的大人小孩我都会做，就像真的一样，绝对保您满意！"说着他就拿出了一个他做好的娃娃给他瞧。那是一个比人略小巧一点的木偶娃娃，不过对于他这样一个身材矮小的男人来说，这已经足够大。她的脸蛋很漂亮，瓷一样的颜色，泛着点樱桃一样的红润。高鼻梁，大眼睛，薄薄的嘴唇，总之就是一标准的美人儿的样子。她还会简单地跟他打几句招呼，说上两句不复杂的话，这足以让他惊讶不已。末了艺人还得意地告诉他，她会越来越机灵，绝对是个顶好的玩伴。

　　他看着她，脑子里突然有了"女人"这两个字。

　　他决定将她买下，尽管那是个木偶，可是眼下已经没有更好的选择。他总是要成为一个乐师呀，而除了她，或许暂且不会有任何其他的女人来陪伴他完成这一个神圣而且光荣的使命。或许这就是天意也说不定。他这样想。

　　后来乐师发现这笔交易合算得没话说。她什么都会，会给他沏水喝，讲笑话，扮鬼脸，更重要的是她很漂亮，漂亮极了，让他几乎忘记了她是一个木偶，想要对她动心。在乐师沉心于创作的时候，她就搬一把凳子坐在他旁边，用手托着腮一言不发地看他，他的衣服坏掉了，她会为他缝起来。你想不到吧，尽管针脚不是那么的细，可她已经是第一个能为他缝衣服的人了。有时候他看着她，禁不住得意起来，有了一个女人，家里果然变了一番样子，这真没错。

　　就这样，乐师的第一部作品终于诞生。是的，你一定想不到，他竟然真的谱出曲子来了。他还特地为这首曲子买了一把琴，反反复复地练了好多遍，直到烂熟才罢休。他把这首曲子搬到了镇上去演出，立刻引起了轰动。或许那真的是一首好曲子，或许洪水镇的人从没有听过什么像样的音乐，所以才会对乐师的作品产生极大的兴趣。总之那支曲子让乐师一下子成了洪水镇人的偶像。"尊敬的乐师!"人们见了他,都会这样毕恭毕敬地称呼。

这让他兴奋不已,他终于成了一个真正的乐师了,不是像以前那样的自称,而是一个真正的、人人认可的乐师。在那个年月,有点文化本来就是一件很拉风的事情,更何况是一个大名鼎鼎的艺术家,伟大的乐师呢? 于是这样一来,乐师整个人都觉得飘飘然了起来,不过他还是相当清楚,这都归功于他的小木偶人儿,没有她,他是无论如何也写不出什么莫名其妙的乐谱来的。

他带她四处逛,给她买些小东西做奖励。在街上,倘若遇到生人她还会脸红,就像真的姑娘一样,脸颊有两片绯红的云彩瞬间挂了上去。洪水镇不允许有女人存在,所以每当人们问起乐师,他总会趾高气扬地说,看,这就是我的木偶,她绝不是一个女人,可是比一个女人要乖巧得多。

后来洪水镇上人人都知道了,伟大的乐师有一个机灵的木偶,她什么都会,又乖巧得要命。于是大家都四处找卖木偶的艺人,可是艺人已经走了,那个习惯了游荡的家伙是怎么也不会回到一个他逛腻了的地方的,所以木偶就成了洪水镇独一无二的宝贝。

我们的乐师在接下来的时间里接二连三地创作了许多部作品,它们无一例外地在洪水镇引起了不大不小的波动。已经有相当一班人成了乐师固定的听众,每次他演出,他们就会搬着马扎坐在台子下面,一脸沉醉地听他演奏。

木偶呢? 她已经成了乐师,甚至整个洪水镇的一块牌坊,在外面，每当有人提起这个木偶，大家多半会骄傲地说，看，这就是属于我们洪水镇的，她多好呀，又漂亮又聪明。坦白说，连乐师自己都承认，她便是他灵感的指挥棒，没有她，他是绝对没有可能成为一个乐师的，他一定什么都写不出。

后来，事情的发展骤然上了一个台阶。他发现，他终于开始想她，这种感觉不同于以往任何一种想念。小时候邻居搬走的时候，他也曾经因为想他家的小狗而掉下眼泪。可是这次不同，他分明感到，每次想起她来，他竟会不由自主地傻呵呵地笑。有时候他出门就会开始算计时间，还有几分钟，他就可以到家，这样他就可以再看到她漂亮的小脸蛋了，多么让人期待。在家里的时候，他就坐在她旁边，仰着头失神地看着她。她的背很直，胸脯在薄薄的衣衫下微微隆起，让整个人的曲线迷人无比，让他的周身就像是骤然通过了一阵电流，灼热的，被点燃一般。有时候他甚至想和她再亲热一点，把她当做一个真正的女人来待，他甚至忘了她只是一个木偶，想用手去碰碰她的肌肤，摸摸她的脸蛋。他想女人的皮肤应该会是光滑的，必不像男人那样粗糙。这本身就是多么美好的一件事物。可是这不行，因为每当这时候他就会觉得四肢都会僵硬，动弹不得。他渐渐明白这样的想法是不能动的，爱上一个女人，对于洪水镇的男人来说就是大逆不道，何况是一个不是女人的木偶。他一定是得到惩罚了，洪水镇的神在惩罚他，让他断了这个念头，于是他便这样劝自己：

倘若执意要碰她的身体，那么碰到的肯定会是一堆木头，这有什么好。

可是他还是不能割舍她。她就在他的周围，与他息息相关，让他每次看到她都会不由自主地兴奋一阵子，就这样，乐师渐渐发现，自己的身体已在悄然间发生了一些变化。他的听力渐渐下降，反应也变得迟钝，就连写字的时候手指都变得不怎么灵活了。起初他以为他是在衰老，过度的思考让他提前衰老了。可是他才三十岁，三十岁呀，怎么说老就老了呢？可是后来情况越来越严重了，晚上睡觉翻身的时候，常常听到关节咯吱咯吱的响声，逢到阴雨天，身上就像被水浸泡过的木头一样发涨，有一天，他洗澡的时候突然发现自己的膝盖竟然长出了一片小蘑菇。他试着用手指叩了一下自己的腿，咚咚的声响，像一块空心的木头，让他吓了一跳。他终于明白，他已经越来越像她了。确切地说，不只像她，而且像每一个艺人做的木偶。多可怕啊。

木偶却变得越来越灵巧，烧的饭菜更加可口，总是趁他不注意摆弄一下他演出用的琴，奏出的调子也还算流畅。有时候还装成真的女孩子那样跑到其他的镇子上买擦脸用的护肤霜、胭脂、指甲油。起初他认为这无非是她在讨巧，尽量地把自己装扮成一个人类。可是后来他竟在她的壁橱里发现了一包卫生棉。他起初并不知道这种东西是用来做什么，还好他认识几个字，看了后面的说明才算是明白。这让他惊讶极了，它已经拆开了包，还少了几片。这可真荒诞，一个木偶，竟然也学着人的样子来起了月经。他开始害怕起来，害怕有一天他真的成了一个木偶，而她取代他变成了人。不是吗？他的样子已经越来越可笑，眼珠子越来越凸，手脚越来越硬，头发也渐渐泛出了芥末那样的绿色。他知道，这一切都是因为他的错，他不该对她动情，对一个木偶动情，可是他丝毫无法抑制自己。她已经更像一个女人了，喜欢打扮自己，所以也更加美，每当他见到她，就仿佛全然忘了他不该对她动情这个事实。他只能安慰自己说，她是我的人，我把她买下来，她就理应照顾我一辈子。

只要能被这样的姑娘照顾一辈子，那么即使拖着一个木偶的身体整天来来去去的，又有什么不好呢？

可是木偶一点也不这么想，她觉得被他买到家中本来就是一个错。她是见过世面的人，艺人四处推销他的木偶的时候，她就随着他在各个镇子里逛。她几乎逛遍了天南地北，什么样的男人她没见过呢？英俊潇洒的，浪漫多金的，成熟体贴的，每当遇到这样一个男人，她就会不自主地脸红，祈求他们赶快将她买下。可是无论她长得多么好看，她始终是一个木偶呀，哪个优秀的男人愿意和一个木偶守在一起呢？所以到最后，只有他肯收留她，他是一个矮子，脸也不好看，可是他肯给她的主人、做木偶的艺人很多钱。所以她就只能在他家住了下来。

木偶原以为一生就会这样糊里糊涂地过去了，或许有一天，等她老了，她就会被当做一把柴火烧掉，这也没什么稀奇。可是渐渐地她发现自己已经不再像一个木偶了，皮肤，或者是关节的灵活程度，无论从哪里看她都像极了一个真正的人。在一个阳光明媚的早晨，她惊喜地发现她终于来了月经，这让她兴奋异常。她迅速提上裙子，跑到附近的小镇为自己买了一包卫生棉，老板娘像对待任何一个第一次前来购买卫生棉的少女一样告诉了她用法，她还友善地拍了拍她的肩说，小姑娘终于长大啦！再不是一个小孩子，而是一个女人了呀！

这样的一句话，让她一下子活跃起来，像是得到了认可，她终于肯相信，自己已经不再是那个倒霉的木偶，而是一个女人，地道的女人。没错，有人已经开始这样想了，并且这样想的人会越来越多，那么最后，就再不会有人因为她不是一个女人这样的事情而把她拒之门外了，多么好。

在一个晴朗的月夜，木偶终于决定和乐师的那一大叠乐谱私奔了。她再也不愿意忍受乐师那矮小的身材和丑陋的脸，她要去找一个英俊帅气的男人并且和他住在一起。为什么不呢？她已经是一个真正的人了呀，只要她不说，谁也不会想到，以前她曾经是一个木偶，那么，总有人会喜欢她的脸蛋，总有人的。

而那时，乐师正全然不知地躺在床上睡觉，他定没有想到，第二天起床，他就将变成只身一人了。他的姑娘已经把他的乐谱偷跑了，连同他音乐家的伟大的头脑。他再也做不成一个乐师，并且，再没有人给他煮饭和烧水了。其实，这也没什么关系，他也不再需要吃饭和喝水了，一个木偶哪里懂得吃饭呢？他只要每天在太阳下走动走动，让自己身上的水分跑一跑，少长几块蘑菇，就可以相安无事地过上一辈子。

那天晚上，他梦见洪水镇真的发了大水，他的身上长满了木耳和蘑菇，躺在床上一动也不能动。水已经没过了他的床板，将要流过他的身体了。镇上所有的人都在逃命，只有他不能逃。他的耳边响起了轰隆隆的脚步声，那是人们慌乱奔跑的声音，这时候，他仿佛听到有人在他床边经过，所有人的嘴里都在念着一模一样的咒语一样的话：

倘若你见到了一个漂亮的木偶，一定要记住，千万不要对她动情呀！

作者简介
FEIYANG

王晓虹，山东人，现于北京大学攻读理学博士学位，曾出版个人文集《夏天以后的以后》，长篇小说《柠静夏恋》《蓝色樱花》即将出版。（获第五届新概念作文大赛二等奖）

裂帛纪  ◎文/水格

一

许多事都是后来哥哥笙远告诉我的。

比如说我出生的那个冬日，下了一场遮天蔽日的大雪，并且持续了十天十夜，整个宫殿几乎被大雪埋没。而在那场百年罕见的大雪中，我的母后也去世了。

母亲是父王最恩宠的妃子。

所以她的死亡让父亲伤心、痛苦，他荒废政务，甚至将母亲的死归罪于我的出生，从而时不时找各种各样的借口迁怒于我。

好比母亲去世那年，羽族的大举入侵使得父王一筹莫展形容枯槁。

而正因为父王的优柔寡断，在那一场人族与羽族的旷日持久的战役中，父王被迫割让了南部的大半疆土。这让他在祖先的牌位前几乎再无颜面可言。

父王曾让端朝名气最大的占星师为我占卜。

而结果让他大失所望。

占星师云结预言我将继承父王的王位成为大端朝新的继承人。

漫天的星辉灿烂如同银色的大海，云结提着翻覆的占星袍一级一级踩上占星台，在他的身后，是流光飞舞的星海，以及父王期待的目光。

可是，无论如何，这样的结果是他不能接受的。

甚至愤怒到一把冲上占星台将云结推到一旁，径自操纵起巨大而复杂的浑天仪来，口中一迭声地说着："不可能，继承王位的人，不可能是清牧，他是我大端朝的灾星。"

云结站在父王的身后，微微地摇了摇头："王，这是天命，非人力所能更改……"

话还没有说完，从空中就飞来了一束光箭，迅疾而有力地射中了云结的肩膀。这是父王动用法术的结果。鲜血从云结的肩膀处汩汩流淌出来。即使这样，一眼看过去的云结给人的印象仍旧是清高洁净。

他微微闭着眼睛，脸上看不见一丝痛苦的神情："王，顺天命才能保我大端朝繁荣安定……"

"放你他妈的狗屁！"说了粗口的父王像疯了一样冲下占星台，将年轻的占星师云结一人抛在身后，口中还是念念不休，"你不是说清牧是未来的王吗？我今天就杀了他，我看看你的预言到底会不会实现。"

二

那一年，我才五岁。

　　因为母后的去世，陪伴我长大的只有一个老得不像样子的奶妈。刚出生的那一年，因为没有奶水可吃，我经常饿得嗷嗷叫。奶妈又没有奶，只能熬了细细的黄米粥给我吃，一边熬一边流着眼泪的奶妈喋喋不休地说着"罪过，一个好端端的皇子却连奶水也吃不到一口，怎么能壮壮实实地长大"。让奶妈操心的是，对于米粥我根本一口不肯咽下，眼看着一个刚出生的孩子面色枯黄，一天天瘦下去，连呼吸的气息都几乎没有了，奶妈这才慌了神，抱着我去宫里向其他皇子的奶妈求救，却不想吃了闭门羹不说，还差点被人一顿乱棍打死。从雍宁宫狼狈不堪地走出来的路上，一路啼哭的我引起了东宫娘娘菱妃的注意，看着在大雪里踟蹰行走的奶妈，她吩咐下人将奶妈引到她的近前。

　　因为当时菱妃也刚刚产下一子，取名为承平，与我仅仅相差三天出生。所以菱妃执意要把我留下来喂养。

　　奶妈千恩万谢，但最终没有把我留给菱妃，因我已被父王下令驱逐出内宫，如今奶妈顶着被杀头的危险带我回内宫也实在是走投无路。

　　奶妈擦擦眼泪，总不能叫我带着小皇子流落到民间去吧。他的身体里总归流淌着的是王室的血液。

　　菱妃的眼睛也跟着红了起来，抬起袖子擦了一把眼泪说，清牧王子真是可怜呢。那六皇子就要奶妈你费心了。你先回去，一会儿我差人将奶水热了给你送过去。

　　笙远撞见了从菱妃房间里抱着我走出来的奶妈。

　　要不是那天那么巧在那一瞬间被笙远撞见的话，我早就死了。

　　奶妈眼含热泪地捧着菱妃送来的奶水要喂给我时，门被一个十二三岁的少年猛然撞开，风夹着雪花灌进本来就不温暖的小屋。受到惊吓的奶妈一眼看过去，慌张得立即跪下去。

小男孩一脸通红："你要给他喂的是菱妃给的奶水么？"

"回三皇子，正是菱妃的恩赐。"

恩赐？被奶妈称为三皇子的笙远笑了笑，恐怕是一碗砒霜吧？要不就是施了法术的坏东西。

说着，走上前去，夺去奶妈手中的碗，大力砸在地上。奶水一接触到地面，立即燃起一层蓝色的火花，甚至噼啪作响。

"看吧！这就是她热心的恩赐。"

奶妈愣了下，立即扑倒在笙远的脚下。

再隔了一日，笙远硬是跟几个伴随一起闯出了宫，带了两只小羊回来交给奶妈。并且拍拍手得意地说，哪，这是给清牧弟弟准备的。

笙远把绳子交到奶妈手里的时候，看见两朵巨大的泪花在女人的眼角泛着，忍不住走过去抱了抱奶妈，好人会有好报的。一定要好好把清牧弟弟养大成人哦。

三

我五岁那年。

父王提着一把剑闯进我的院子，试图一剑刺杀了我。

可是他等来的却是笙远。

十八岁的笙远出落得挺拔清俊，完全迥异于其他王子臃肿的蠢相，这也使得父亲一度怀疑笙远是否是他的亲生儿子。所以对笙远也略微有些冷淡，怒气直冲脑门，他提起剑指向笙远，你给我滚开！

"你要杀了清牧吗？"

"朕的事轮不到你来过问！"

"别的事我可以不管但清牧的事我还真管定了。"笙远把身子一横，"若是你要杀他的话，那就先杀了我吧。"

"你……"

那天在我的寝宫外，五十岁的父王和十八岁的哥哥展开了一场龙子大战。笙远几乎倾尽了所有的能力，终于在最后一招将父王击倒在地。看着父王倒在地上捂着胸口的样子，笙远的嘴角邪气而美好地上扬："父亲，你老了。"

"你以为我老了天下就是你的吗？"

"天下对我来说，只是保护清牧。"

"你是我的儿子吗？"父王擦了一把嘴角的血，苍老的笑意浮上嘴角，"你的天下就那么小？"

"父王，留着你的气力去对付南方入侵的羽族吧。别让大端朝的天下在你的手里毁于一旦！何苦跟你这个命苦的儿子苦苦纠缠。何况，他已经这样了。"

哥哥笙远回头看着微微侧着头的我说："以后要是再有人欺负清牧，我非跟他鱼死网破不可！"

四

在我五岁的时候，菱妃的儿子桷玉让我的右耳失去了听力。

那个时候的我根本无法掌握任何秘术。父王的学堂向包括他的儿女在内的所有皇亲国戚的少年敞开了大门，单单拒绝了我。所以到五岁的时候，我甚至连自己的名字都写不得。那时候我还小，不知道父王的心思，他是宁肯就这么荒废掉我，看我这样一个斗字不识的人怎么当得了一国之王。

陪伴我长大的奶妈常常在为我洗衣做饭的时候停下来叹气。

我走过去问她为什么这样，她就伸手抚摸我的头，说："无论发生了什么，你要记得，你是大端朝的王子，你的身上流淌着王族的血液。就像是狼的崽子永远野性十足，不可能成为看家狗。清牧，你要记得我的话。"

我倒乐于过这样清闲的日子。

有一天，我在宫中遇见了桷玉。

他就像是个螃蟹一样横着走了过来，身后带了一干人，见我没有避让就来了火气。先是劈头盖脸甩了我两巴掌，见我既没哭又没动，桷玉觉得很没面子，脸上像是着了一层火，袖子卷了起来，招呼着身后的一干人上。紧挨着他那位年纪大一点穿黑色长袍的人附在了桷玉的耳畔说了什么。

于是，桷玉挥了挥手驱散了其他人。

桷玉夸张地笑了三声，笑声比停在宫殿飞檐上的乌鸦的叫声还难听。他晃到我面前之后才狰狞着一张脸冷冷地说道："今天叫你这不学无术的傻瓜见识见识神奇的幻术。"

后面的一干人都抱着胳膊哈哈大笑。

桷玉高高扬起左手，随着一道尖锐的白光，我昏了过去。

五

我醒来的时候，正被笙远紧紧地搂在怀里。

"哥，桷玉像是扇了我一巴掌？"

从哥哥的怀里挣起来，我的右耳什么也听不见了。但侧起耳朵还能听到窗外嗖嗖的风声。哥哥的嘴角古怪地牵着。

"外面那么大风？"

"清牧……"笙远的眉毛一扬，说，"你听，外面那不是风声呢。"

"那是什么？"

"羽族已经进攻到我们大端朝的宫殿了。"

我推开窗，看见了天空上遮天蔽日的羽族人正搭弓射箭。惊恐着一张脸朝我走来的奶妈在那一瞬间瞳孔放大，一支箭从背后飞来，一箭穿过了她的胸膛。鲜血顺着胸口流淌出来，刺得我的眼睛几乎瞎掉。

我想跑过去抱住奶妈，却被笙远一把扯住，返身抱在怀里，而另外一只手去关闭窗子，但仍然没有阻止另一支箭穿越过狭窄的一道缝隙射了进来。

射中了笙远的肩胛骨。

伏在柜子后面的时候，我伸手摸着哥哥的伤口说："哥，他们会把我们杀死吗？"

哥哥说："怎么会呢？云结不是说你将来还要成为大端朝的王吗？"

那一年，是人族与羽族战事最激烈的一年。

即使不是前线，单是宫殿，也常常会遭到羽族鹤雪的进攻。但因为羽族不能着地，所以也只能是在空中搭弓射箭，这样的结果往往是两败俱伤。

但在这一年的战争里，我的奶妈死了。笙远也受了伤。连平时陪我一起玩耍的奶妈的小孙女也被羽人一箭射杀在门口，而且是在奶妈的眼皮底下，她当时却只是担心我的安全而把自己的小孙女抛在了门口。而这样做的结果是她们都死在了羽人的手中。

在看到她们倒在地上死去的样子时，我第一次强烈地感觉到了有一种情绪叫做仇恨。就像是翻滚的怒浪在我的身体里咆哮冲撞，仿佛要把我的身体撕裂开一样。

要是想保护自己爱的人，那么首先一定要自己强大起来吧？我哭着问笙远，要是我是王的话，就能不让奶妈她们死去的，对吧。我可以让她们在羽人到来的时候躲到最安全的地方去。

笙远抬手擦干我眼上的泪水："你很想当王吗？"

"想。"

"单单是为了你想保护的人？"

"嗯。"

笙远笑了。

六

也就是那一年，羽族的偷袭越发猖獗。而南方的战事一连持续了数月，大端朝的军队屡屡败退到桓水江畔。父王因为操劳国事而日渐苍老。朝堂之上，父王常常是面色发白气喘吁吁。许多臣子都在下面悄声议论着大端朝是不是就此走向了末日。

笙远单刀直入地说："父王，你也许不适合再做王呢。"

父王强压着愤怒："你说什么？"

笙远迎上父王喷射着怒火的目光，字正腔圆地说着："我是说，你应该考虑考虑让出你的王位了。"

"你让朕让位给你吗？"父王狠狠地按住龙椅的扶手。

"父王，儿臣没有这个意思。"笙远微微躬下了身体，"儿臣只是为父王的身体考虑，况且，羽族近来偷袭猖獗，如果父王还不让位的话，也许会有生命危险。"

"笙远，你听着……"父王抬起胳膊，指着在大殿之上站住的笙远，"就算是我突然暴毙，王位也不会传给你的。"

"父王，我只是提醒你要顺应天命。"

笙远在说这些话的时候，位列一旁的占星师云结笑而不语。

之后的不几日，羽族的偷袭又一次发生。

这次父王没有那么幸运地逃过去，而是在大殿上活生生被不要命的鹤雪刺中了胸膛，所幸的是笙远在中间阻拦了一下，虽没能阻止长箭射中父王，但毕竟改变了方向，不至于一箭贯穿心脏。

站在一旁的云结看着床榻上的父王微微叹气。

"王，事实不是你想象的那样简单。"

"那你说究竟是怎么一回事？"父王大声地喊叫，以至于又是一阵猛烈的咳，"难道不是笙远那个小子想害我吗？天下哪里来这么巧合的事？前几日他说羽族会来袭击，羽族人果真就来袭击我了。就算是半道他为我阻挡了一箭，也不过是假惺惺地作秀而已。"

"可是，三皇子是所有皇子中最勇敢的一个。这也是事实。当时桷玉等王子都吓得趴在地上了，只有笙远在奋力与羽族的鹤雪搏斗。这是满朝人都看在眼里的啊。要是王对此熟视无睹的话，那么云结也就无话可说了。"

"你……"父王一句话没说完，口里喷出一口鲜血。

"王，请你息怒。"云结躬身，"大端朝不能一日无君，你还要保重身体。"

父王挥了挥手，示意云结赶紧从他眼前消失。

因为父王的突然倒下，朝廷上下笼罩在一片凝重猜测的气氛之中。加之前方军队的连连退败，几乎人人惶惶自危不得宁日。

首先议论的就是如果父王这一病不起的话，那么王位该传给谁。

将近新年，整个王城笼罩在一片素白的大雪之中。

大风刮过，将雪花旋转着托上了天空，从站在角楼上的云结身旁飞速刮过。偌大繁华的都城一片安静，却也肃杀冷清。

父王病体略略有些好转，在内侍的陪伴下，披了厚厚的貂皮出了宫殿，去往城墙上的角楼上赏雪。

恰恰逢到了云结。

父王苍白的一张脸在满城积雪的映衬下显得清瘦不堪。见到云结，他若有所悟地笑了笑，莫非云结是在此地等朕？

云结说："王，只是巧合而已。"

父王推心置腹地与云结说，这些日子我在病榻上躺了很久也想了不少。我的确是老了，这大端朝也不再需要我了。只有一个更年轻有为的王才能扭转大端朝这一路走向颓势的路。所以，我在考虑到底应该把王位传给谁。云结，你的意见呢，可否说来听听。

"王，你的决断就是微臣的意见。"

"好你个云结，也学会油嘴滑舌了。"

次日早朝，父王宣布立桷玉为王储，在次年春天择日登基。

这一消息来得突然，以至于在后宫中正在跟其他妃子吵架骂娘的菱妃在听到这一消息时立刻两眼一翻就昏了过去。

而朝堂之上，议论声更像是汹涌而来的潮水。汹涌的波涛之上，父王像是一艘风雨飘摇的大船，随时都有倾覆的可能。只有占星师云结笑而不语。

而其中若干个老臣甚至泪水滂沱地跪在父王的面前，高呼着，王，请您三思。以微臣之见，更适合做王的人应该是三皇子笙远。

其他一干人看到了几位老臣的表率，也纷纷加入到推举笙远的浪潮之中来，整个朝堂都在回荡着哥哥笙远的名字。

所有人都跪倒在父王的面前，除了云结。

一个月之后，桷玉突然失踪。

三天之后，人们在王城的护城河里发现了桷玉的尸体。

桷玉死得非常之惨，面目狰狞，瞳孔放大，仿佛看见了什么恐惧至极的事。而一道又深又宽的伤口斜切在他的身上。验尸官在查看了桷玉的身体后，笃定地下了判断，这绝不是什么刀留下的伤口，而是某种幻术。

在验尸官扬扬得意地冲大家解释着他的发现时，他没有注意到暗处正有一双眼睛偷偷地凝视着他。

就是在那一天晚上，验尸官被人杀死了。

可是，在杀手从凶杀现场撤身时，四面八方突然出现了黑压压的手持长戟的士兵。从密不透风的人群中分开一条道路来，父王出现在了杀手的面前。菱妃也出人意料地跟在父王的身后。

父王冷冷地说着："摘下你的面具吧。"

杀手动也不动，实在是因为无处可动，只要一动，立刻会被乱箭射死不可。索性自己摘下了面具，迎上了父王的目光："父王，一切都是我干的。"

在那一刹那，所有的人都惊呆了。

因为杀手是笙远。

父王声音颤抖着问："笙远，你为什么要这样？"

"我要当王。"笙远冷冷地笑起来，"没有人比我更适合当王。"

七

对于年迈的父王来说，他没有更好的选择了。

次年的春天，我在清冷的大殿之上被立为新王。大殿内外，近千文武官员一起伏倒在我的脚下，高呼着我王万岁。在那一瞬间，难过和伤心排山倒海一样袭击了我。所有可能成为王的人都死掉了。

占星师云结走上来提醒我说："王，你该登基了。"

我提着龙袍走上了王位，鼓乐和仪歌同时响起，百官在我的脚下三叩九拜，只有云结站在我的耳边小声说道："王，是你自己把自己送到王位上来的。无论你愿不愿意，即使是为了笙远，你也一定要当好大端朝的王。这是不可逆转的天命。"

"云结，你是不是早已经知道了。"

"知道什么？"云结一副不知所云的模样，"我不知道王你指的是什么。"

"桷玉的死。"

"是王您杀的吧？"

的确是我杀了桷玉。

我不是为了当王，只是桷玉狰狞着一张脸跟我说等来年春天我登基，要做的第一件事就是杀了你跟笙远。

就是那时，我动了杀念。

我动用了笙远教给我的全部幻术，在桷玉毫无防备的情况下，一招致死。

而在杀了桷玉之后，我陷入了深深的恐惧。

笙远在得知桷玉被害的那天晚上，提着小灯笼来到我的宫殿。

他很高兴的样子，轻轻地把我搂在怀里："清牧，你不要害怕。以后无论谁欺负你，你都不要害怕。因为你是王，这天下都是你的。"

我把脸贴在笙远的怀里，闷着声哭了。

"哥哥，我不要你死，所以我……"

"我知道，我知道。"笙远拍着我的背小声地安慰我。

八

在哥哥笙远摘下面具之后冷冷地说"我要当王，没有人比我更适合当王"的时候，父王的手用力地一挥，千万支涂抹着剧毒药物的箭直射向笙远。

被围在正中间的笙远在那一瞬间狂声大笑。

风卷着纸灰，云喷狂雪覆地，笙远的身体直直地向后倒去。我登基的那一年，大端朝三皇子因为谋杀罪被父王处死。

没有人看见，在黑暗的夜里，我脸上淌过的两道泪痕。

作者简介
FEIYANG

水格，1981 年出生。新生代青春小说作家。出版短篇小说集《十七楼的男孩》，长篇小说《一个人的海市蜃楼》《半旗》《隔着栅栏的爱情》《青耳》《刻在树上的结夏》《逆光》等。被媒体评为"80后五才子"之一。（获第四、五、六届新概念作文大赛二等奖）

郑和，在第二个街角左转　◎文/甘世佳

六百年前。

年轻的郑和总是在早晨走出刘家港的驿站，独自走去码头。他喜欢在沿途欣赏朝霞和露水，还有江边忧郁的青草地。他远远地看着刚刚升起的太阳就照在即将完工的龙船上。水和天是一个颜色的，连同清晨潮汐的起起伏伏。这些总是让郑和压抑不住心里边轻轻的感动。

青衣站在远远的丘陵上，淡淡地看着海和天，看着海天一色中的郑和。他总是喜欢想象天地有多大，可眼前那个人，却告诉他他要把天地都走遍。

青衣拿出长箫，悠悠地吹了起来。他知道这是他送给他的最后一曲。

这个敢做你永远不敢想象的事情的人。他从来不会去想某一件事的不可能，只要他相信，就会去做。

我总是为青衣送给郑和那最后的曲子感动或者焦虑。是的，它对于我的小说实在太重要了，可是我却怎么都不知道，该如何写出一篇词。

晓雯在离开我的那一天给了我最后一件礼物。她在这个十九岁的夏天去了遥远的英国，她太优秀，能够通过重重考试而取得全额奖学金。而我只能留在上海的一个二流大学里，靠为知名不知名的报纸杂志写稿而赚取生活费。

可现在我却难以完成这篇关于郑和的小说了。给我灵感的是我和晓雯经常去的江边，我们在那里第一次牵手，第一次拥抱，第一次亲吻。

那里黄昏的时候，天的那边总是有绚丽的色彩，潮水推动着岸，高大的石头如同安全的肩膀让人停靠。有一棵不知名的树，有不知名的鸟筑着巢。

后来还是庞告诉我，那里就是六百年前郑和起锚的地方。于是我决定写这样一篇小说，不在乎能否得到稿费。特别在晓雯要离开的日夜里，那种感觉就更加强烈。

晓雯走的那天晚上，给我的最后一份礼物，就是那首词：

昔日君来见，草青青，路绵延。

红尘易老，几多纷怨。

都似杏花开遍，二月江边。

今日君走远，海茫茫，浪滔天。

回头无岸，俯首白颜。

不知艨艟踏过，几重狼烟。

这是青衣送给郑和的最后一首歌。龙船终于升起了最高的那面风帆，岸上挤满了人，青衣的箫声也渐渐被人声淹没。

终于要走了。青衣叹了一口气，西洋是一片神秘的地方，在那里，他会航行穿过生死的界限。

他在驿站里，喜欢看着烛光说话。他从不看青衣的眼睛。他说："有微小的东西也有庞大的东西，我不过是夜郎侯，并不知道天地有多大……"

青衣曾经只是个流落江湖的词人。可是他遇见了郑和。

在晓雯离开我的第七天，我决定把故事写下去。

那天我和庞坐在学校的图书馆里。他咬着笔呆呆地望着桌上的高等数学习题，我的面前则堆满了关于郑和的书。阳光从落地的玻璃窗里洒进来，穿着时尚、笑容灿烂的学生恋人占了图书馆的位子，谈着可有可无的恋爱。他们的脸上洒满了阳光。

我扔下笔："庞，我真的无法再写下去了。"

他抬起头："是因为晓雯的离开吗？"

"嗯。我现在就想着去看她去看她去看她，可是我要怎么才能飞到英国？我闭上眼睛，就想到她，根本无法把故事写下去……"

庞在某种时候喜欢用智者的口气说话。他说，"嗬，故事总会有人写下去的。"

在一段沉默之后，庞提议我们去江边。

"带上你的吉他。"他说。

来到江边的时候我就知道我一定会唱歌。月光到了半夜有点凄凉，四下里一片宁静，不知名的树上安睡着不知名的鸟。我拨通晓雯的电话。

"我今天也想你了。我在康河的边上，中午时分的河水反射着阳光，还有游船上的嬉笑声。"

我相信世界上所有的水都是相通的。我们在无限汪洋的两岸。这样的夜晚只适合唱一首歌。

就算是还给晓雯一首歌吧。

四月的剑桥是否总是细雨连绵

有没有到处芳草碧连天

我们的思念能否越过三万里这么远

像古人那样扯起帆篷看世界多变

如果可以驾船把大海都走遍

请让我在暴风雨中看见你的脸

让我一直驶进康河里面

看雨后彩虹满天信天翁在盘旋

我浮沉水面满心是你的容颜

耳边却呼啸着巨浪滔天

几分钟相见几万里遥远

永不沉没的是否只有时间

你远在天边翻越了红尘万千

却不知归程需要多少年

这一刻想念盼一生缠绵

永远应该也要开始于某一天

我弹着我的吉他，第一次发现自己可以如此沉浸在歌声里面。所有的歌词和旋律就像是早已写好，可以那么自然地一跃而出。我可以听得见晓雯在电话那边的眼泪，可是我在忽然间麻木了所有的想念。

晓雯，我一定要来看你。

什么时候？

今年。

怎么来？

船。

庞这个永远做高数的人物有时候的睿智不得不让我佩服。事实上，我出口大话，并不知道如何可以前往那个遥远的地方。

我只是相信自己写出来的话。郑和从来不会去怀疑某一件事的不可能，只要他相信，就会去做。

我也是。

庞在某个早晨神秘地对我微笑。我们站在市中心某个熙熙攘攘的街口，他指了指某个方向，说："郑和，在第二个街角左转。"

于是我在那家新开张不久的航海用品专卖店里认识了老板宋涛。我们三个都是郑和迷，谈了一下午。从那以后，我相信一切的确都是可能的。

我和宋涛开始在江边制造一艘崭新的帆船。为此宋涛每天白天打两份工，把店托付给了朋友；我每个白天窝在图书馆里拼命写作，联系着各式的媒体和出版商。只有郑和的那篇小说被我压在箱底，虽然我相信一定有写完的这一天。每个晚上，我们都去江边工作。我们搭了一个帐篷，累了就钻进去睡一会儿，然后继续我们的伟大工程。

三个月后，我的新书出版。我在序言里写着："我在高高的天空中有一个梦想，放置在那里。此时如雪飘落，降在呜咽的海水，我在那里也有悲哀。我想看门前树上不知名的鸟儿生下小鸟，看它长满羽毛来在我们头顶盘旋。"

不出意外，书的销量不佳。整整半年时间，我们只凑到了两万多块。根本不够。

庞在这个时候完成了他的工作。这个天才的男孩子在半年里面走遍了这个城市，在此之前，我以为他除了伪装智者和做高数习题以外一无是处。

三天后，我们的新闻发布会在城市里最漂亮的会堂举行。我和宋涛坐在主席台上，近似于痴傻地辨认着话筒上的不同标志。BBC，CNN，ESPN，CANEL+，天空电视网，凤凰卫视，中央电视台，还有各种我们无法辨认的符号。

台下挤满了记者。我从来没有想象过闪光灯如此耀眼地集中于自己身上。

庞的开场白让我感到深深的震撼。他说："六百年前，古人用樯帆和巨炮征服世界，今天，我的朋友们用卫星直播和国际互联网征服世界。"

我和宋涛大眼瞪着小眼。这场戏，原来庞才是主角。我们实在是跟不上时代了。

一个月后，我们的帆船贴满了赞助商的广告在刘家港起航了。全世界都可以看见我们的起航仪式。阳光照在我洁白的帆上，甚至有很多人一大早过来问我们要签名。

过去我也是那个青衣，总是喜欢想象天地有多大。我们永远不知道如何才能把天地走遍。

也许我们的梦想的确渺小，可是我们卷动了整个世界来实现梦想。天和地在这一刻才真正是联系在一起的，用光纤和卫星信号。

我们被捧上了天。我们是中国第二个用帆船做环球旅行的团队，第一个是六百年前的郑和。我们是第一个受到如此规模境外赞助的中国个人探险活动。我们被描述成英雄，报纸上充斥着我们的照片，关于我们的事迹的书上了销售排行榜。

我们就这样，走向大海。

我的故事也该结束了。

青衣吹完长箫，和着船队出发的鼓声离开了刘家港。十三年后，他成了翰林院的大学士。他留着长长的胡须，华美的锦袍一直拖到地上，腰间还别着那一支长箫。

那一年郑和回到北京。从此以后六百年，中国再也没有一只帆船队，能够穿越最遥远的那片大海。

作者简介

　　甘世佳，笔名乱世佳人。男，1982 年 12 月生于上海，射手座。2001 届高考历史单科状元，文科探花，毕业于复旦大学世界经济系。出版有《十七岁开始苍老》《道明寺》等。（获第三届新概念作文大赛一等奖）